驚 これは ビックリ！

古典嫌いで教養もない君に贈る入門前の門前書

大阪弁訳だけ万葉集

中村 博

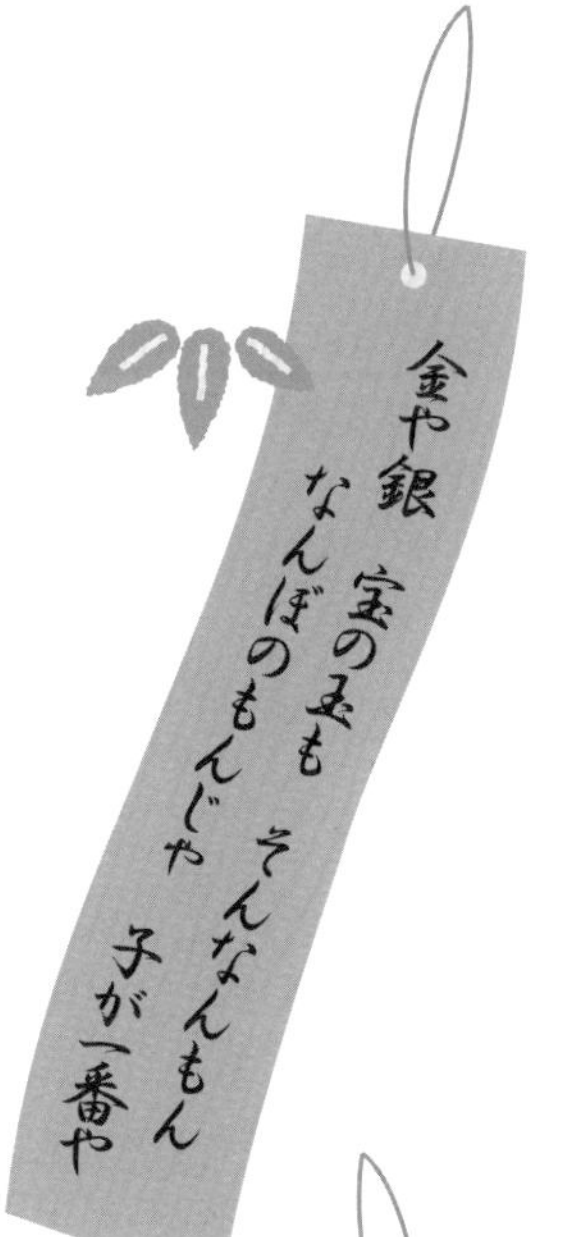
金や銀　宝の玉も　そんなんもん
なんぼのもんじゃ　子が一番や

熟田津で　月潮待って　船出待ち
きた　きた　来たぞ　さあ　漕ぎ出そや

JDC

はじめに

コ　キ　ク　クル　クレ　コ
あり　おり　はべり　いまそがり
係り結び、反語、推量の「む」・・・・・・
あぁ、もう嫌だ、古典なんか！

それ以来、生徒たちは勉強をしなくなり、
教養も付かなくなりました。

これは、すべて、教えた先生方が悪いのです。

ごく簡単な万葉集の歌で、
ちょっと授業を再現してみましょう。

銀《しろがね》も　金《くがね》も　玉も　何せむに
　勝《まさ》れる宝　子に及《し》かめやも

「何せむに」の「せ」は、サ行変格活用で
「す」の未然形
「む」は、推量の助動詞
「及《し》かめやも」の「やも」は、反語を表す
係助詞・・・

他は簡単だから、分かりますね。

銀や金や宝石など、何になるだろう。
それに勝《まさ》る宝も、子供に及ぶだろうか。
いや、及びはしない。

分かりましたね。はい次・・・。

生徒たちは、「何せむに」「及《し》かめやも」と聞いたとたん、もう、うんざり顔。

「何銭にか、えらい安い宝やなあ」

「子供がしかめっ面してるんかいな」

「こっちが、しかめっ面や」

と、まあ、こんな具合。


それでは、こんな授業ならどうでしょう。

金や銀　宝の玉も　そんなもん
　なんぼのもんじゃ　子が一番や

そう思った山上憶良《やまのうえのおくら》は、
こう古代語に訳しました。

銀《しろがね》も　金《くがね》も　玉も　何せむに
　勝《まさ》れる宝　子に及《し》かめやも

「及《し》かめやも」の「やも」は、反語と言って・・・

これなら生徒たちもきっと、しかめっ面はしません。


いい食材を使っても、調理が下手なら、美味《おい》しくなくて、食べてくれません。

その結果、栄養も身に付きません。

いい教材を使っても、教え方が下手なら、面白くなくて、聞いてくれません。

その結果、教養も身に付きません。

そんな教え方をされた、教養のない君に万葉集を知ってもらうには、どうすれば良いのでしょう。

この例であげたように、「訳」を先にして、「本文」を後から出す方法が良いでしょう。

でも、教養もなにもない君は、「及《し》かめやも」と聞くだけで、「ぞっ」とするかもしれません。

そこで思い付いたのが、この「訳だけ万葉集」なのです。

これなら、どんな教養のない君にも、通用するに違いありません。

でも、学者の先生方からは、お叱りを賜《たまわ》るでしょう。

「『本文なしで』なんて、許せない。

万葉集の味わいが無くなってしまう。

素人の考えることは、これだからけしからん。

『本文』こそが万葉集だ」と。

たしかに私は素人です。

でも、万葉集に見向きもしない、教養のない人に、万葉集を知ってもらうには、他に方法があるでしょうか。

この方法しかないのです。

ちょっと比べてみてください

『銀や金や宝石などは、何になるだろう。
それに勝《まさ》る宝も、子供に及ぶだろうか。
　いや、及びはしない』

と

『金や銀　宝の玉も　そんなもん
　なんぼのもんじゃ　子が一番や』

どうです。

「五七五七七」での訳。

なにか、万葉の心、万葉の雰囲気が伝わってきませんか。

また、訳が「大阪弁」なのは、万葉時代の中心は関西、標準語は「関西弁」≒「大阪弁」だったからです。

詳しくは、私の『大阪弁こども万葉集』をご覧ください。

ここで、お詫《わ》びをしなければなりません。

お読みいただいている君を、『教養がない』『教養がない』と何度も言って。

もう、大丈夫です。

この本を読んで頂ければ、きっと面白くて、栄養でっぷり、いや教養たっぷりになるでしょう。

私が約束するのですから、間違いありません。

ということで、この本は「入門書」ではなくて、門の前で遊んでいる子供たち向けの様なものです。
言ってみれば、「門前書」でしょうか。

「入門書」としては、私の、
『大阪弁こども万葉集』をお読みください。
また、もう少し上の「中級書」としては、
これもまた、私の、
『万葉歌みじかものがたり』か、
それの改訂版の
『令和天翔け万葉歌みじかものがたり』
をご覧ください。
私は素人ですので「上級書」はありません。

それでは、門前に居る教養もなしの君、
さぁ読み始めてください

※なお、この本に載せた、写真のほとんどは、犬養孝先生の名著『万葉の旅』に載っている全国にある「万葉故地」の場所309ヶ所を訪ね歩いて私が写真に撮ったものと、同じく犬養先生が筆を執られて書かれた文字を石に刻んだ歌碑、全国で140基余りを探り歩き写真に収めたものを使っています。

大阪弁訳だけ万葉集

目次

はじめに　3
もくじ　9

第一章　良く知られている歌　21

岩代《いわしろ》の　松枝結び　（有間皇子《ありまのみこ》）　22
家でなら　器《うつわ》に供《そな》え　（有間皇子《ありまのみこ》）　24
香久山《かぐやま》は　畝傍《うねび》のお山　（天智天皇《てんちてんのう》）　26
熟田津《にきたつ》で　月　潮待って　（額田王《ぬかたのおおきみ》）　28
あかんがな　うちの気持ちが　（額田王《ぬかたのおおきみ》）　30
春野摘み　野守り見るやん　（額田王《ぬかたのおおきみ》）　32
そう言《い》いな　可愛いお前に　（大海人皇子《おおあまのおうじ》）　32
お前待ち　夜更けの露に　（大津皇子《おおつのみこ》）　34
うち待って　あんたが濡れた　（石川郎女《いしかわのいらつめ》）　34
見つかんの　知っとったんや　（大津皇子《おおつのみこ》）　35
野ぉで刈る　草一束《ひとたば》の　（日並皇子《ひなめしのみこ》）　35
お前だけ　大和《やまと》帰して　（大伯皇女《おおくのひめみこ》）　36
二人でも　越すん難儀《なんぎ》な　（大伯皇女《おおくのひめみこ》）　36
今日の日が　磐余《いわれ》の池《いけ》で　（大津皇子《おおつのみこ》）　37
明日《あした》から　二上山《ふたかみやま》を　（大伯皇女《おおくのひめみこ》）　38
岸に咲く　馬酔木《あしび》花手折ろと　（大伯皇女《おおくのひめみこ》）　38
畝傍《うねび》の山の　橿原の　（柿本人麻呂《かきのもとのひとまろ》）　40
唐崎は　そのまま此処《ここ》に　（柿本人麻呂《かきのもとのひとまろ》）　41
淀み水　今もあるのに　（柿本人麻呂《かきのもとのひとまろ》）　41
おい千鳥　そんなに啼《な》きな　（柿本人麻呂《かきのもとのひとまろ》）　42
この古い　都《みやこ》見てたら　（高市黒人《たけちのくろひと》）　42
阿騎野《あきの》まで　狩りに来《き》たのに　（柿本人麻呂《かきのもとのひとまろ》）　44
日ぃ昇る　月沈んでく　（柿本人麻呂《かきのもとのひとまろ》）　44
采女《うねめ》袖　吹き返してた　（志貴皇子《しきのみこ》）　46
あの鳥も　昔恋《むかし》しか　（弓削皇子《ゆげのみこ》）　47
昔《むかし》恋い　鳴く云《ゆ》う鳥は　（額田王《ぬかたのおおきみ》）　47

山筋の　川瀬鳴ってる　（柿本人麻呂《かきのもとのひとまろ》歌集）　48
夜更《よるふ》けた　川の水音　（柿本人麻呂《かきのもとのひとまろ》歌集）　48
引手山《ひきて》　お前葬《まつ》って　（柿本人麻呂《かきのもとのひとまろ》）　50
去年《きょねん》見た　秋の良《え》ぇ月　（柿本人麻呂《かきのもとのひとまろ》）　50
賑《にぎ》やかな　藻を刈る敏馬《みぬめ》　（柿本人麻呂《かきのもとのひとまろ》）　52
日ィ沈む　明石の大門《おおと》　（柿本人麻呂《かきのもとのひとまろ》）　52
無事でねと　お前結んだ　（柿本人麻呂《かきのもとのひとまろ》）　54
稲見海《いなみうみ》　次から次と　（柿本人麻呂《かきのもとのひとまろ》）　54
恋しいて　高角《たかつの》山の　（柿本人麻呂《かきのもとのひとまろ》）　56
笹の葉が　ざわざわ揺れる　（柿本人麻呂《かきのもとのひとまろ》）　56
鴨山で　岩枕して　（柿本人麻呂《かきのもとのひとまろ》）　58
もうあんた　逢《あ》われんのやな　（依羅娘子《よさみのおとめ》）　58
吉野宮《よしのみや》　山好《え》えよって　（大伴旅人《おおとものたびと》）　60
今見たら　前よりずっと　（大伴旅人《おおとものたびと》）　61
この命　も一寸《ちょっと》だけも　（大伴旅人《おおとものたびと》）　61
も一遍《いっぺん》　若返りたい　（大伴旅人《おおとものたびと》）　62
筑紫には　長《な》ご居《お》らんから　（大伴旅人《おおとものたびと》）　62
大野山《おおのやま》　霧立ってるで　（山上憶良《やまのうえのおくら》）　63
人の世は　空《から》っぽなんや　（大伴旅人《おおとものたびと》）　63
人生は　譬《たとえ》て言《ゆ》たら　（沙弥満誓《さみまんせい》）　64
賑《にぎ》やかな　奈良《なら》の京《みやこ》は　（小野老《おののおゆ》）　65
せめてワシ　鳥やったらな　（山上憶良《やまのうえのおくら》）　66
京離《きょうはな》れ　ここの田舎に　（山上憶良《やまのうえのおくら》）　66
瓜を食うたら　思われる　（山上憶良《やまのうえのおくら》）　68
金や銀　宝の玉も　（山上憶良《やまのうえのおくら》）　69
憶良めは　もう帰ります　（山上憶良《やまのうえのおくら》）　69
佐用姫《さよひめ》は　夫《おっと》恋しと　（作者不明）　70
沖へ行く　船帰ってと　（山上憶良《やまのうえのおくら》？）　70
沖の島　荒磯《ありそ》の玉藻　（山部赤人《やまべのあかひと》）　72
潮満ちる　干潟無《の》ぅなる　（山部赤人《やまべのあかひと》）　72
吉野山　象山《きさやま》木立ち　（山部赤人《やまべのあかひと》）　74
夜更《よる》けた　久木《ひさぎ》生《は》えてる　（山部赤人《やまべのあかひと》）　74

田子の浦　回って見たら（山部赤人《やまべのあかひと》）　76
塵《ちり》みたい　こんなしがない（中臣宅守《なかとみのやかもり》）　78
燃やしたる　あんた行く道（狭野弟上娘子《さののおとかみのおとめ》）　78
赦《ゆる》されて　帰る人来る（狭野弟上娘子《さののおとかみのおとめ》）　80
覚えてて　あんたの帰る（狭野弟上娘子《さののおとかみのおとめ》）　80
恋い焦がれ　逢《あ》えたんやから（大伴坂上郎女《おおとものさかのうえのいらつめ》）　82
うちだけや　恋し思てん（大伴坂上郎女《おおとものさかのうえのいらつめ》）　82
来《く》る言《ゆ》ても　来《こ》ん時あるで（大伴坂上郎女《おおとものさかのうえのいらつめ》）　83
もぅうちは　死んで仕舞《しも》たる（大伴坂上郎女《おおとものさかのうえのいらつめ》）　83
二人して　あんな深《ふこ》ぅに（笠郎女《かさのいらつめ》）　84
皆《みんな》みな　早よ寝《ね》と鐘《かね》は（笠郎女《かさのいらつめ》）　84
もしもやで　恋焦がれして（笠郎女《かさのいらつめ》）　85
気ィ冷《さ》めた　人思うんは（笠郎女《かさのいらつめ》）　85
この次《つぎ》宴は　馬並べ行こ（大伴家持《おおとものやかもち》）　86
志雄街道《しおみち》を　越えたらパッと（大伴家持《おおとものやかもち》）　86
射水川《いみずがわ》　上《のぼ》る漁師の（大伴家持《おおとものやかもち》）　88
英遠浦《あお》に　寄せ来る白波《なみ》は（大伴家持《おおとものやかもち》）　88
春苑《はるその》で　紅《あこ》ぅに映《は》える（大伴家持《おおとものやかもち》）　90
庭散るは　李《すもも》の落花《はな》か（大伴家持《おおとものやかもち》）　90
娘子《おとめ》らが　多数《よけ》集まって（大伴家持《おおとものやかもち》）　92
春の野に　霞靡《なび》いて（大伴家持《おおとものやかもち》）　94
庭の小藪《やぶ》　風音《おと》も無《の》ぅ（大伴家持《おおとものやかもち》）　94
日ぃうらら　雲雀《ひばり》囀《さえず》る（大伴家持《おおとものやかもち》）　95
新年《しんねん》と　立春《はっはる》重なり（大伴家持《おおとものやかもち》）　96

第二章　恋の歌・いろいろ　99

籠《かご》よ　籠《かご》々　良《え》え籠《かご》さげて（雄略天皇《ゆうりゃくてんのう》）　100
海石榴市《つばいち》の　歌垣《うたがき》場所で（作者不明）　101
お母《か》はんが　呼ぶうちの名を（作者不明）　101
初瀬国《はっせくに》　妻問《つまど》い来《き》てる（作者不明）　102
初瀬国《はっせくに》　あの児居《お》るんで（作者不明）　103

浜木綿《はまゆう》の　葉ぁ幾重《いっぱい》に　（柿本人麻呂《かきのもとのひとまろ》）　104
母《かあ》ちゃんの　手元離れて　（柿本人麻呂《かきのもとのひとまろ》歌集）　104
恋苦《くる》しいて　こんな痩《や》せたで　（柿本人麻呂《かきのもとのひとまろ》歌集）　106
直逢《じかあ》えん　せめて夢でも　（柿本人麻呂《かきのもとのひとまろ》歌集）　106
可愛《かい》らしと　思てるお前　（作者不明）　107
恋しいて　堪《たま》らんよって　（柿本人麻呂《かきのもとのひとまろ》歌集）　107
母が飼《か》う　蚕《かいこ》は繭《まゆ》に　（柿本人麻呂《かきのもとのひとまろ》歌集）　108
がっしりの　板戸バァンと　（作者不明）　108
うちちょっと　百合花《ゆりばな》みたい　（古歌集）　109
葛城《かつらぎ》山に　雲立ってるよ　（柿本人麻呂《かきのもとのひとまろ》歌集）　110
立ってても　座っとっても　（作者不明）　110
顔色に　出《で》て焦《こ》がれたら　（作者不明）　111
遠目《とおめ》でも　あんたの姿　（作者不明）　111
ちらと見た　あの児姿に　（作者不明）　112
日暮れ置き　朝来た消える　（作者不明）　112
うちの恋　鎮《しず》まるのんは　（作者不明）　113
お母《かか》ぁ飼《か》う　蚕繭隠《かいこごも》りに　（作者不明）　113
この国に　なんであんたは　（作者不明）　114
大通り　人仰山《ぎょうさん》に　通るけど　（柿本人麻呂《かきのもとのひとまろ》歌集）　114
雷が　鳴って曇って　（柿本人麻呂《かきのもとのひとまろ》歌集）　115
雷が　鳴って雨なぞ　（柿本人麻呂《かきのもとのひとまろ》歌集）　115
広い三宅《みやけ》の　原の中　（作者不明）　116
父母《ととかか》に　言《ゆ》て無い児へと　（作者不明）　118
もの思わんと　道を来て　（作者不明）　120
分《わ》かってる　そやからうちは　（作者不明）　120
わし貰《も》ろた　安見児《やすみこ》貰ろた　（藤原鎌足《ふじわらのかまたり》）　122
夕闇《ゆうやみ》は　道危《あぶ》ないで　（豊前國娘子大宅女《ぶぜんのくにのおとめおおやけめ》）　122
檜隈《ひのくま》の　川の瀬早い　（作者不明）　123
あっすだれ　揺れた思《おも》たら　（額田王《ぬかたのおおきみ》）　124
恋の草　大《お》っき荷車《にぐるま》　（廣河女王《ひろかわのおおきみ》）　125
眉掻《まゆか》いて　くしゃみ帯解《と》き　（柿本人麻呂《かきのもとのひとまろ》歌集）　125
紛《まぎ》らわす　ことも出来《でき》んで　（作者不明）　126

朝《み》乱《だ》れ髪《がみ》　うち梳《す》かんとく　（作者不明）　126
布留川《ふるかわ》に　架かる高橋《たかはし》　（作者不明）　127
燃《も》やしたりたい　ぼろ小屋で　（作者不明）　128
嫉妬《しっと》して　心焼《や》くんも　（作者不明）　129
直向《ひたむ》きな　一途《いちず》な恋で　（作者不明）　129

第三章　七夕の歌　131

天海《てんうみ》や　雲は波やで　（柿本人麻呂《かきのもとのひとまろ》歌集）　132
川の上　橋渡したれ　（作者不明）　132
袖振るん　見えてるやんか　（山上憶良《やまのうえのおくら》）　133
待ちに待つ　秋萩咲いた　（柿本人麻呂《かきのもとのひとまろ》歌集）　133
彦星と　織姫《おりひめ》さんが　（作者不明）　134
彦星の　迎えの舟が　（山上憶良《やまのうえのおくら》）　134
逢《あ》える時　ひたすら待った　（作者不明）　135
一年《いちねん》に　七夕《きょう》の夜《よる》しか　（柿本人麻呂《かきのもとのひとまろ》歌集）　135
幾月《いくつき》も　待ち焦《こ》がれして　（作者不明）　136
逢《あ》わへんの　長かったのに　（作者不明）　136

第四章　季節の歌　137

梅花《うめはな》に　降り覆《おお》う雪　（作者不明）　138
香久山に　春の夕方　（柿本人麻呂《かきのもとのひとまろ》歌集）　138
蕨《わらび》の芽《め》　渓流《ながれ》の水の　（志貴皇子《しきのみこ》）　140
門先《もんさき》の　柳の枝で　（作者不明）　142
冬去《い》って　春が来たんで　（作者不明）　142
春の野に　菫《すみれ》を摘《つ》みに　（山部赤人《やまべのあかひと》）　143
春花《はるはな》の　咲くん思《おも》ぅて　（坂門人足《さかとのひとたり》）　143
香久山に　白い衣《ころも》が　（持統天皇《じとうてんのう》）　144
この時に　声嗄《か》らすほど　（作者不明）　144
霍公鳥《ほととぎす》　何時《いつ》も良《え》えが　（作者不明）　145
霍公鳥《ほととぎす》　花橘《はなたちばな》の　（作者不明）　145

鶯の　卵に混《ま》じり　（高橋蟲麻呂《たかはしのむしまろ》歌集）　146
霧雨《きりさめ》の　降る夜《よ》に鳴いて　（高橋蟲麻呂《たかはしのむしまろ》歌集）　147
蜩《ひぐらし》は　鳴き時《どき》今と　（作者不明）　148
高野原《たかのはら》　秋　連れ呼んで　（長皇子《ながのみこ》）　148
朝露で　色付《づ》き出した　（柿本人麻呂《かきのもとのひとまろ》歌集）　149
雄鹿《おすしか》の　心の妻の　（柿本人麻呂《かきのもとのひとまろ》歌集）　149
白露《しらつゆ》を　玉の様《よ》見せる　（作者不明）　150
明日《あした》照る　分《ぶん》まで今夜《こんや》　（作者不明）　150
気遣《きづか》いの　出来《でき》ん秋月《つき》やな　（作者不明）　151
お前ちゃん　衣《ふく》やったらな　（作者不明）　151
鴨の背に　霜降《お》りてるで　（志貴皇子《しきのみこ》）　152
降り掛《かか》る　霰《あられ》を袖に　（柿本人麻呂《かきのもとのひとまろ》歌集）　152
沫雪《あわゆき》よ　今日《きょう》は降《ふ》りなや　（作者不明）　153
あの人が　今に来るかと　（作者不明）　153

第五章　花の歌　155

梅花《うめはな》の宴《うたげ》　（大伴旅人《おおとものたびと》）　156
正月の　新春来たぞ　（大弐紀卿《だいにきのまえつきみ》）　158
春来たら　最初《さき》咲く梅花《はな》を　（山上憶良《やまのうえのおくら》）　158
梅花と　柳一緒に　（沙弥満誓《さみのまんせい》）　160
梅の花　空に舞う様《よ》に　（大伴旅人《おおとものたびと》）　160
竜田の山の　激流《ながれ》の上の　（高橋蟲麻呂《たかはしのむしまろ》歌集）　162
すぐ帰る　七日掛からん　（高橋蟲麻呂《たかはしのむしまろ》歌集）　163
国境《くにざかい》　坂に咲いてる　（高橋蟲麻呂《たかはしのむしまろ》歌集）　163
暇ないが　川を渡って　（高橋蟲麻呂《たかはしのむしまろ》歌集）　164
春の雨　酷《ひど》降らんとき　（作者不明）　165
桜花　ずうっと長《なご》ぅ　（山部赤人《やまべのあかひと》）　165
春萌《も》えて　夏緑成《な》り　（作者不明）　166
秋萩《あきはぎ》に　置いた白露《しらつゆ》　（作者不明）　166
秋の野に　咲いてる花を　（山上憶良《やまのうえのおくら》）　167
萩の花　薄《すすき》葛花《くずばな》　（山上憶良《やまのうえのおくら》）　167

吉隠《よなばり》の　夏身辺《なつみあた》りは　（作者不明）　168
明け方の　露に濡らされ　（作者不明）　168
大坂の　峠を来たら　（作者不明）　169
お前とこ　行くこと馬乗り　（作者不明）　169

第六章　都を離れての旅の歌　171

宇治川の　網代《あじろ》の木ぃに　（柿本人麻呂《かきのもとのひとまろ》）　172
見飽けへん　吉野の川に　（柿本人麻呂《かきのもとのひとまろ》）　172
形良《え》ぇ　高師《たかし》の浜の　（置始東人《おきそめのあずまひと》）　173
早よ大和《やまと》　帰り逢《あ》いたい　（長皇子《ながのみこ》）　173
沖の波　白玉《しらたま》寄せて　（作者不明）　174
白崎《しらさき》よ　白いまんまで　（作者不明）　174
南部浦《みなべうら》　潮満《み》ちたあかんで　（作者不明）　175
名寸隅《なきすみ》の　浜から見える　（笠金村《かさのかなむら》）　176
玉藻刈る　娘子《こ》ぉ見に行こや　（笠金村《かさのかなむら》）　177
手枕《てまくら》を　して共寝《ね》たお前　（作者不明）　178
あんた下紐《ひも》　うちも一緒に　（作者不明）　178
沖の方　漕いでる舟を　（古集）　179
鳥みたい　海浮《う》かんでて　（古集）　179
あの小舟　どこで泊まりを　（高市黒人《たけちのくろひと》）　180
年魚市潟《あゆちがた》　潮引いたんや　（高市黒人《たけちのくろひと》）　180
なんと無《の》に　物恋しさの　（高市黒人《たけちのくろひと》）　182
連れ立って　漕ぎ行った船　（高市黒人《たけちのくろひと》）　182
赴任の旅の　気塞《ふさ》ぎを　（高橋蟲麻呂《たかはしのむしまろ》歌集）　184
筑波嶺《つくばね》の　山の麓で　（高橋蟲麻呂《たかはしのむしまろ》歌集）　185
お前の顔が　見られへん　（山部赤人《やまべのあかひと》）　186
唐荷島《からにしま》　廻《めぐ》る海鵜《うみう》と　（山部赤人《やまべのあかひと》）　188
島伝い　舟で来たなら　（山部赤人《やまべのあかひと》）　188
風吹いて　波出て来相《そ》で　（山部赤人《やまべのあかひと》）　189
神統《す》べる　瑞穂《みずほ》の国は　（柿本人麻呂《かきのもとのひとまろ》歌集）　190
この日本国《くに》は　言うたら叶《かな》う　（柿本人麻呂《かきのもとのひとまろ》歌集）　191

さあみんな　早《はよ》ぅ日本《やまと》へ　（山上憶良《やまのうえのおくら》）　191

第七章　伝説を詠《うた》った歌　193

芦屋《あしや》に住まう　菟原《うない》の処女《おとめ》　（高橋蟲麻呂《たかはしのむしまろ》歌集）　194
芦屋《あしのや》の　菟原処女《うないおとめ》の　（高橋蟲麻呂《たかはしのむしまろ》歌集）　196
墓の上　木の枝靡《なび》く　（高橋蟲麻呂《たかはしのむしまろ》歌集）　196
春の霞の　立つときに　（高橋蟲麻呂《たかはしのむしまろ》歌集）　198
海神娘《おとひめ》と　死なんと長《なご》ぅ　（高橋蟲麻呂《たかはしのむしまろ》歌集）　200
都《みやこ》はるかな　東《あずま》の国に　（高橋蟲麻呂《たかはしのむしまろ》歌集）　202
真間《まま》の井を　見てると幻視《み》える　（高橋蟲麻呂《たかはしのむしまろ》歌集）　203

第八章　東　歌　205

ほんまかな　あの真間手児名《ままてこな》　（東　歌）　206
葛飾《かつしか》の　真間《まま》の手児名《てこな》が　（東　歌）　206
この鏡　うち持ってても　（作者不明）　207
馬買《こ》ても　お前歩きや　（作者不明）　207
信濃国《しなのくに》　千曲の川の　（東　歌）　208
好《す》いてたら　来《き》てんかあんた　（東　歌）　208
足音の　発《た》てへん馬が　（東　歌）　210
利根《とね》川の瀬で　急に来る波　（東　歌）　210
共寝《ね》るのんは　一寸《ちょっと》の間《ま》やに　（東　歌）　212
安蘇《あそ》川原　空飛び来たで　（東　歌）　212
ちょっとでも　安眠《ね》さして欲《ほ》しと　（東　歌）　214
稲《いね》を搗《つ》く　うちのあかぎれ　（東　歌）　214
筑波山《つくばやま》　雪降っとんか　（東　歌）　215
多摩川で　布晒《さら》す様《よ》に　（東　歌）　216

第九章　防人《さきもり》歌　217

役人は　悪い奴《やつ》やで　（大伴部廣成《おおともべのひろなり》）　218

船の舳先《へ》を　越す白波《なみ》みたい　（丈部大麻呂《はせべのおおまろ》）　218
新任の　防人《さきもり》行く子　（古歌集）　219
防人《さきもり》に　行くんは誰の　（作者不明）　219
お前の絵　描《か》く暇《ひま》欲しで　（物部古麻呂《もののべのこまろ》）　220
妻のやつ　案じとるんや　（若倭部身麻呂《わかやまとべのみまろ》）　220
父《とと》と母《かか》　花であったら　（丈部黒當《はせべのくろまさ》）　222
父《とと》と母《かか》　頭を撫《な》ぜて　（丈部稲麻呂《はせべのいなまろ》）　222
行く先が　闇夜《やみよ》みたいに　（作者不明）　223
並《なら》び立つ　松の木見たら　（物部真嶋《もののべのましま》）　223
小百合《さゆり》花　夜の寝床《ねどこ》で　（大舎人部千文《おおとねりべのちふみ》）　224
鹿島神《かしまがみ》　祈り捧げて　（大舎人部千文《おおとねりべのちふみ》）　224

第十章　新羅へ遣《つか》わされた人の歌　227

このうちは　あんたが守る　（遣新羅使人）　228
行く船に　乗せて構《か》まへん　（遣新羅使人）　228
朝明け待って　御津《みつ》の浜　（遣新羅使人）　229
わしのため　嘆くかお前　（遣新羅使人）　232
沖からの　風よ吹け吹け　（遣新羅使人）　232
早よ帰れ　思《おも》てあの児が　（遣新羅使人）　233
浦伝《うらづた》い　来た船やのに　（遣新羅使人）　233
韓国《からくに》て　よう言《ゆ》たもんや　（六人部鯖麻呂《むとべのさばまろ》）　234
新羅《しらぎ》へと　行《い》くんか家に　（六人部鯖麻呂《むとべのさばまろ》）　234
多船《ふね》泊める　対馬浅茅湾《つしまあそわん》　（遣新羅使人）　236
竹敷の　黄葉綺麗《もみじきれえ》や　（大伴三中《おおとものみなか》）　236
家島は　名前倒れや　（遣新羅使人）　238
手短《てみじか》な　旅で直早《じきはよ》よ　（遣新羅使人）　238

第十一章　面白い歌　241

わしの里　大雪降った　（天武天皇《てんむてんのう》）　242
そら違《ちゃ》うで　うちの神さん　（藤原夫人《ふじわらのぶにん》）　242

不要言《ええゆ》ても　強《し》いて聞せる　（持統天皇《じとうてんのう》）　244
嫌《いや》言うに　喋《しゃべ》れ喋《しゃべ》れと　（志斐嫗《しいのおみな》）　244
西《にし》の市《いち》　一人出掛けて　（古歌集）　245
東市《ひがしいち》　植えた木の枝　（門部王《かどべのおおきみ》）　245
さぁさそこなる　立ち会い衆《しゅう》よ　（乞食者《ほかいびと》）　246
難波《なにわ》入江で　棲家《すみか》を造り　（乞食者《ほかいびと》）　248
言うたろか　石麿《いわまろ》さんよ　（大伴家持《おおとものやかもち》）　250
痩《や》せてても　生きてる方が　（大伴家持《おおとものやかもち》）　250
鹿島の嶺の　机の島の　（作者不明）　252
大汝《おおなむち》　少彦名《すくなひこな》が　（大伴家持《おおとものやかもち》）　254
奈良都《ならみや》で　留守居の妻が　（大伴家持《おおとものやかもち》）　256
不品行男《ふしだら》の　里人《ひと》目《め》恥ずかし　（大伴家持《おおとものやかもち》）　256
左夫流児《さぶるこ》が　居《い》着く屋敷に　（大伴家持《おおとものやかもち》）　256
さあ皆《みんな》　鍋《なべ》に湯沸《わ》かせ　（長意吉麻呂《ながのおきまろ》）　258
双六《すごろく》の　賽《さい》の目見たら　（長意吉麻呂《ながのおきまろ》）　258
香塗《こうぬ》りの　塔《とう》近付《づ》くな　（長意吉麻呂《ながのおきまろ》）　259
醤《ひしお》に酢《す》　搗《つ》き蒜《ひる》掛けた　（長意吉麻呂《ながのおきまろ》）　259
坊《ぼ》んさんの　剃《そ》り損《ぞこ》ないの　（作者不明）　260
檀家《だんか》はん　そら言《い》い過ぎや　（僧《ほうし》）　260
餓鬼男《がきおとこ》　大神朝臣《おおみわあそみ》　（池田真枚《いけだのまひら》）　261
仏像を　造るに朱《しゅ》ぅが　（大神奥守《おおみわのおきもり》）　261
第十二章　人生を詠《うた》った歌　263
粗末衣《ぼろ》着てる　麻続王《おみのおおきみ》　（麻続王《おみのおおきみ》を見た人）　264
仕様《しょう》なしに　伊良湖の島で　（麻続王《おみのおおきみ》）　264
川の聖岩《いわ》　草も生えんと　（吹芡刀自《ふふきのとじ》）　266
山吹の　花咲く清水　（高市皇子《たけちのみこ》）　266
玉藻綺麗《きれえ》な　讃岐《さぬき》国　（柿本人麻呂《かきのもとのひとまろ》）　268
妻居《よめお》ると　摘《つ》んで供《そな》えて　（柿本人麻呂《かきのもとのひとまろ》）　270
波寄せる　寂《さみ》しい磯に　（柿本人麻呂《かきのもとのひとまろ》）　270
仕様《しょう》もない　考えせんと　（大伴旅人《おおとものたびと》）　272

酒壺に　成って仕舞《しも》ぅて（大伴旅人《おおとものたびと》）272
この世さえ　楽し出来《け》たら（大伴旅人《おおとものたびと》）273
ああ嫌《いや》や　酒も飲まんと（大伴旅人《おおとものたびと》）273
雨風吹いて　雪まで混《ま》じり（山上憶良《やまのうえのおくら》）274
世の中は　辛《つろ》て疎《うと》まし（山上憶良《やまのうえのおくら》）275
丈夫《ますらお》と　思うわしやぞ（山上憶良《やまのうえのおくら》）276
毎年に　梅《うめ》花咲くけども（作者不明）276
真珠貝　人知られんと（元興寺《がんごうじ》の僧《ほうし》）277
あの人は　何処《どこ》も行かへん（作者不明）277
生きるとか　死ぬとか云《ゆ》んは（作者不明）278
煩《わずら》わし　この世長《なご》ぅに（作者不明）278
拘《こだわ》りの　心捨てたら（作者不明）279
あるやろか　海死ぬ云《ゆ》うん（作者不明）279

中村博先生にささぐ　上野　誠　280

あとがき　282

第一章　良く知られている歌

岩代《いわしろ》の　松枝結び　祈るんや
無事で居《お》れたら　また見に寄ると

―有間皇子《ありまのみこ》―（巻二・一四一）

・大化《たいか》の改新で、蘇我《そが》氏を滅ぼした中大兄皇子《なかのおおえのみこ》は、天皇を孝徳《こうとく》天皇に替え、都《みやこ》を難波《なにわ》に移す
・しかし、一年あまりで、都《みやこ》は再び飛鳥《あすか》へ
・一人、置き去りにされた天皇は、翌年に亡くなる
・中大兄皇子《なかのおおえのみこ》の強引な政治の進め方に、世の中に不満が募《つの》る
・（それに担《かつ》ぎ出されてはならない）と、孝徳《こうとく》天皇の皇子である有間皇子《ありまのみこ》は気の狂った振りをする
・中大兄皇子《なかのおおえのみこ》が紀の湯（白浜温泉）にでかけた時、留守番役の蘇我赤兄《そがのあかえ》が有間皇子《ありまのみこ》を訪ねて来て言う（続く）

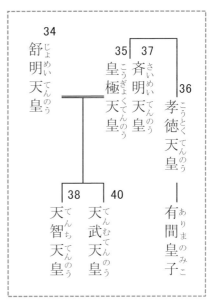

36 孝徳《こうとく》天皇《てんのう》 ― 有間皇子《ありまのみこ》

37 斉明《さいめい》天皇《てんのう》

35 皇極《こうぎょく》天皇《てんのう》

34 舒明《じょめい》天皇《てんのう》

40 天武《てんむ》天皇《てんのう》

38 天智《てんち》天皇《てんのう》

【岩代の結び松記念碑】

家でなら
器《うつわ》に供《そな》え　祈るのに
旅先やから　椎《しい》葉で供える

―有間皇子《ありまのみこ》―（巻二・一四二）

・「今、世の中には不満が募《つの》っています。皇子《みこ》は、どうお思いですか」
・知らないふりをする有間皇子《ありまのみこ》であったが、ふと気を許す
・「有間皇子《みこ》が謀反《むほん》を」との知らせは直ぐに紀の湯へと
・引かれて行く有間皇子《ありまのみこ》
・紀の湯近くの岩代《いわしろ》で、そこの地の神に祈る
・中大兄《おおえ》皇子の問い質《ただ》しに「何も知らない。天と赤兄《あかえ》が知っている」と答えて、窮地を脱した有間皇子《みこ》を待っていたのは、藤代坂《ふじしろざか》の悲劇
・皇子《みこ》19歳のことである

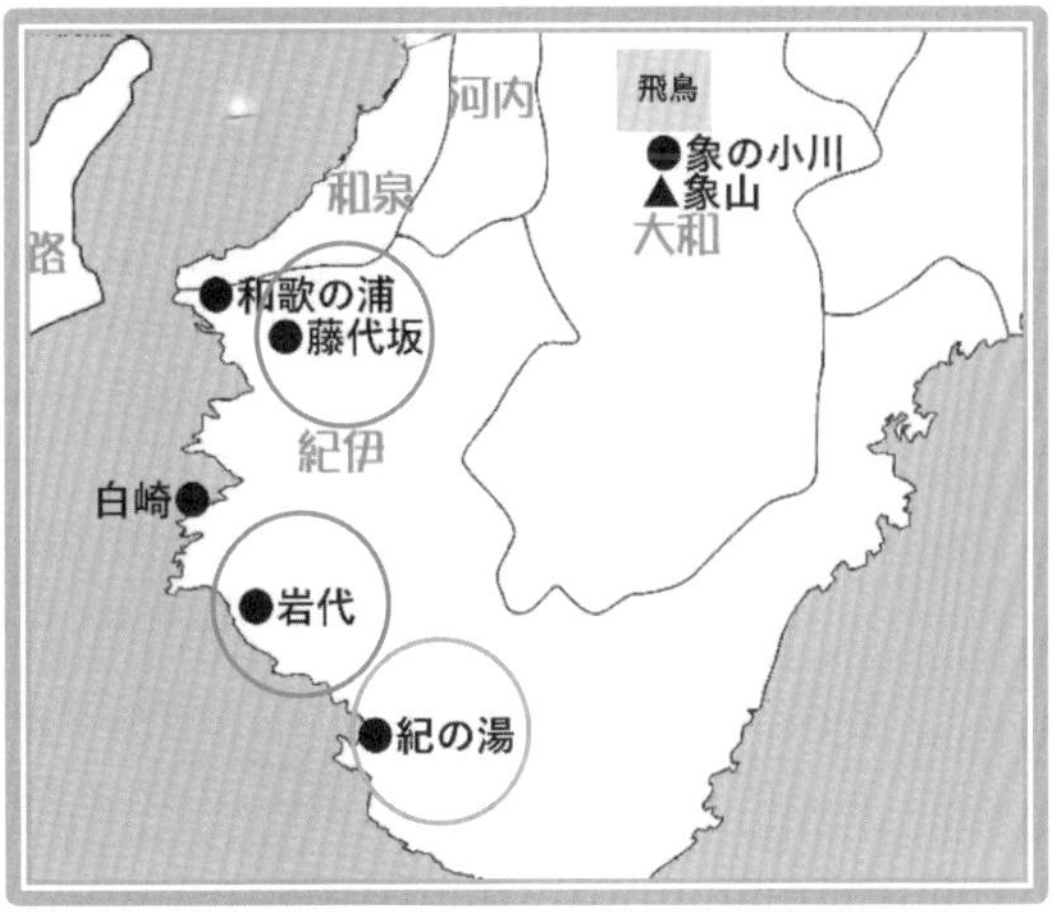

【岩代海岸】

香久山《かぐやま》は
畝傍《うねび》のお山　可愛《かい》らしと
耳成《みみなし》さんと　喧嘩《けんか》した
神代からして　そうなんや
昔からして　そうやから
今も妻《よめ》さん　取り合い為《す》んや

―天智天皇《てんちてんのう》―（巻一・一三）

・昔々、大和三山《やまとさんざん》（香久《かぐ》山・畝傍《うねび》山・耳成山《みみなし》）が恋争いをした
・それを知った出雲《いずも》の神が、仲裁しようと出掛けてきたが、印南野《いなみの》まで来たとき、治まったと聞き、引き返した
・その印南野《いなみの》が、沖合から見えたとき、中大兄皇子《なかのおおえのみこ》は詠《うた》う
そばに居る大海人皇子《おおあまのみこ》をチラと見ながらに
・二人が乗っている船は、唐・新羅《しらぎ》と戦うために朝鮮半島へ向かうのである

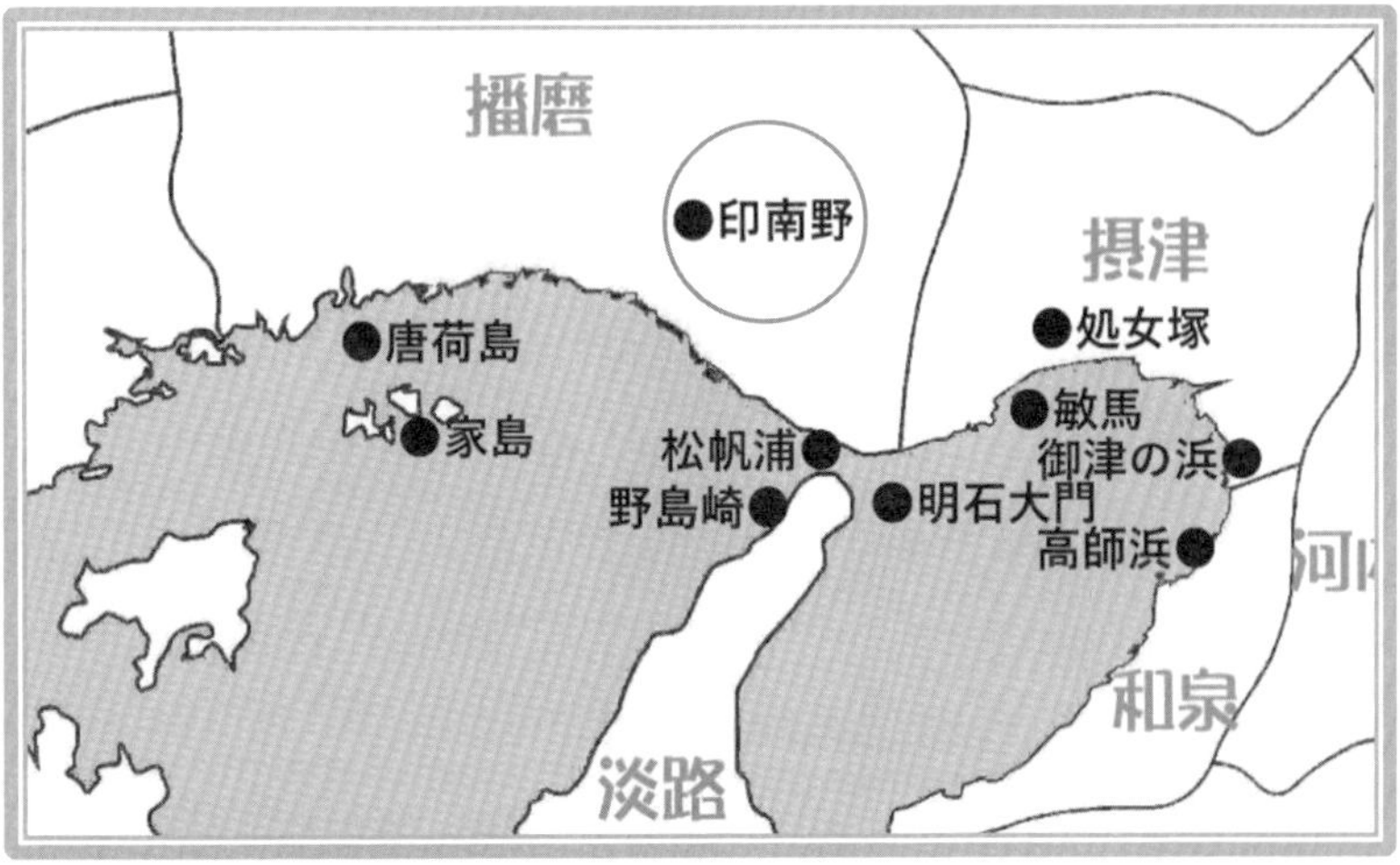

【山の辺の道から見る大和三山】

熟田津《にきたつ》で　月　潮待って　船出《ふなで》待ち
きた　きた　来たぞ　さあ漕《こ》ぎ出《だ》そや

―額田王《ぬかたのおおきみ》―（巻一・八）

・朝鮮半島へ向かう船は、伊予《いよ》（愛媛県）の国　熟田津《にきたつ》（道後温泉）の港に着く
・戦いの準備を整え、潮の良し悪し・風の具合を見計らっての船出だ
・額田王《ぬかたのおおきみ》の歌を合図に、船は西へ、敵である唐・新羅《しらぎ》の待つ朝鮮半島へと

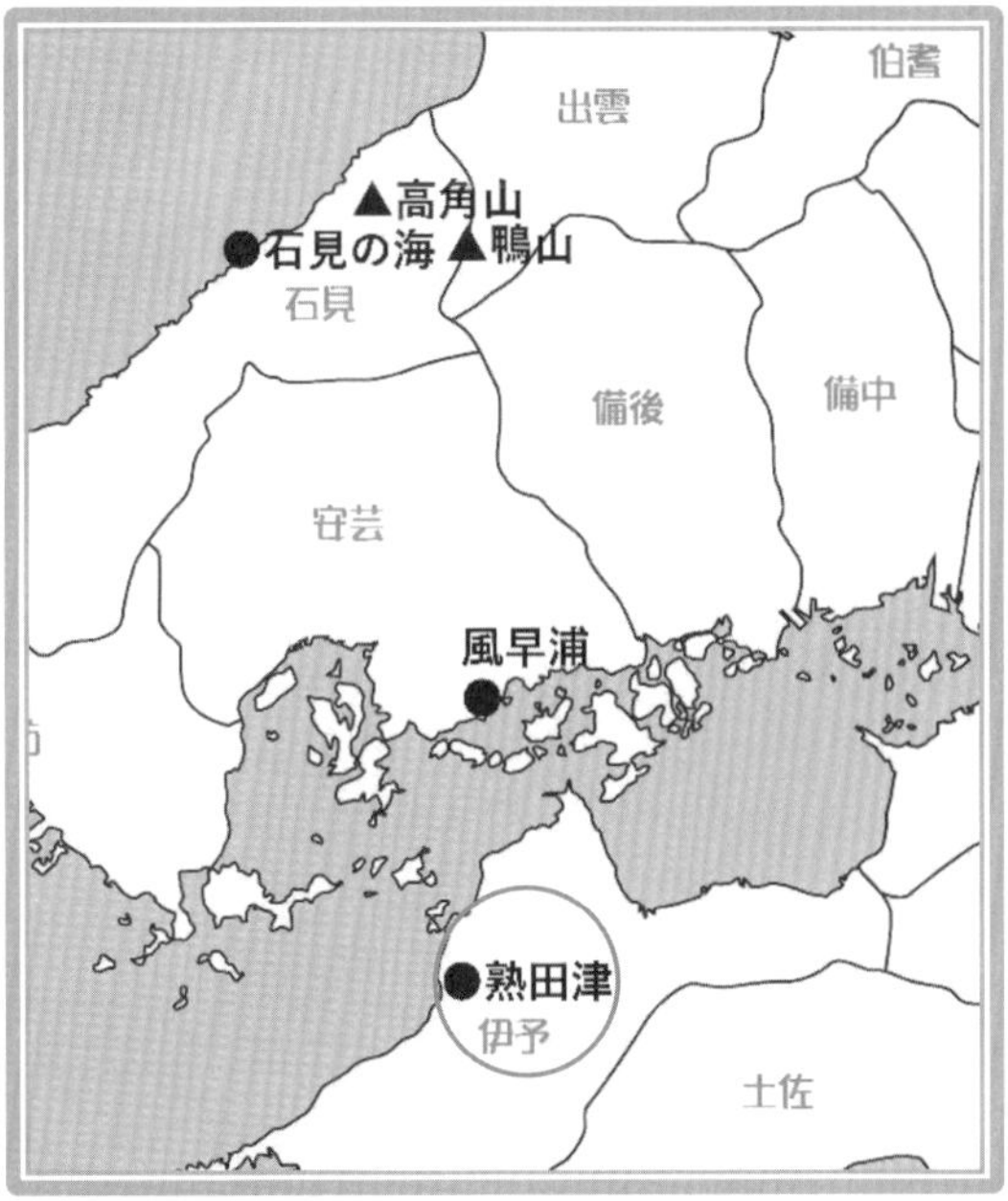

【熟田津《にきたつ》？（松山市堀江浜）】

あかんがな
うちの気持ちが　分かるなら
雲さん三輪山《おやま》を　隠さんとって

―額田王《ぬかたのおおきみ》―（巻一・一八）

・朝鮮半島での戦いに敗れた中大兄皇子《なかのおおえのみこ》は、敵が攻めて来るのを避けようと、都《みやこ》を大和《やまと》からさらに内陸の近江《おうみ》（滋賀県）の大津へと移す
・大和《やまと》との別れは、親しんだお山・三輪山との別れだ
・悲しみを堪《こら》えて額田王《おおきみ》は詠《うた》う

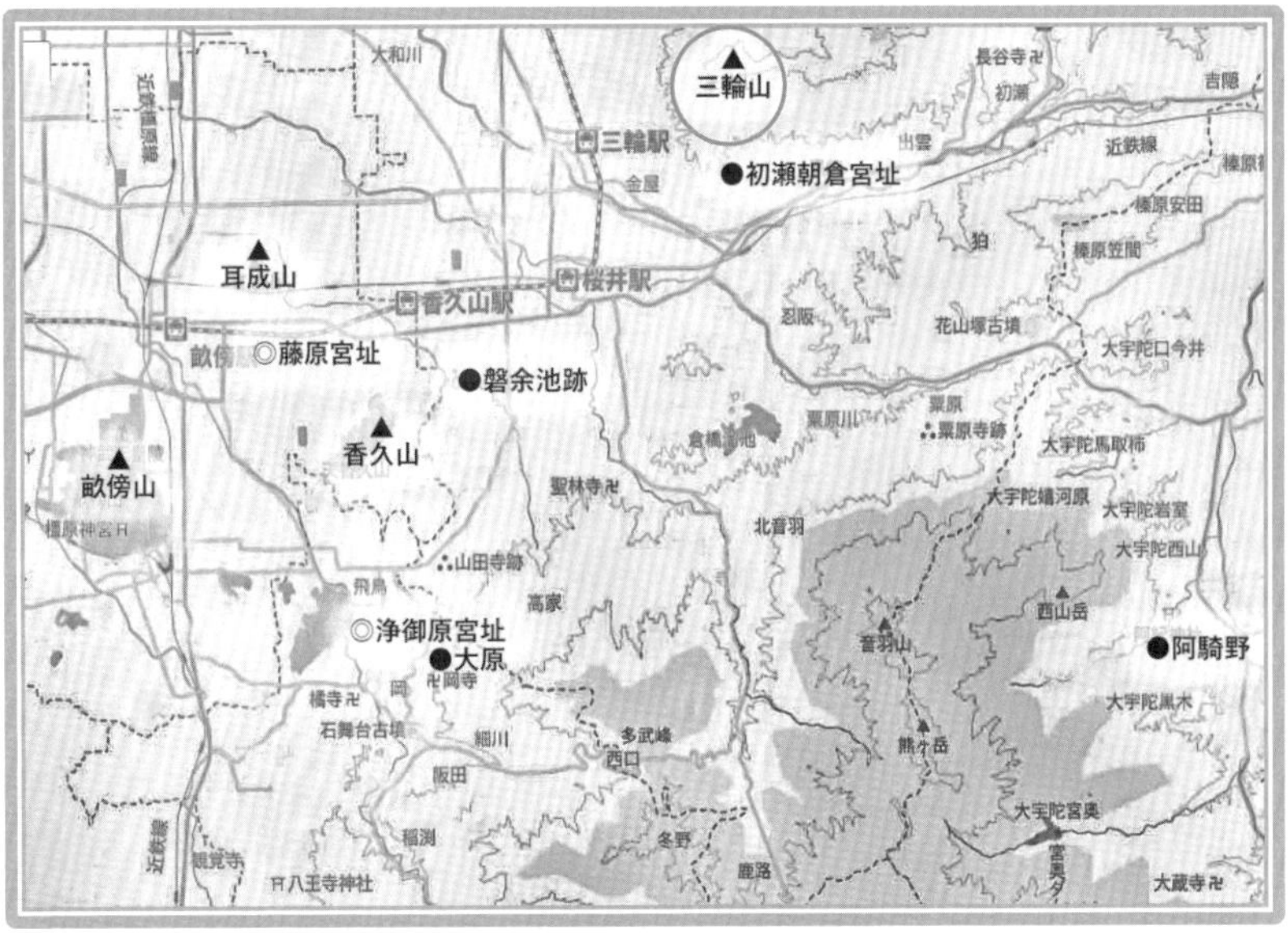

【初瀬川の川傍から見る三輪山】

春野摘み
野守り見るやん　行《い》き来《き》して
うちの方向《ほ》こて　袖なぞ振って

―額田王《ぬかたのおおきみ》―（巻一・二〇）

そう言《い》いな
可愛いお前に　連れ合いが
居《お》るん承知で　誘《さそ》たんやから

―大海人皇子《おおあまのみこ》―（巻一・二一）

・春の蒲生野《がもうの》
・待ちに待った薬草摘みの行事
・楽しんでいる額田王《ぬかたのおおきみ》に、元カレの大海人皇子《おおあまのみこ》が、親し気に袖を振る
・額田王《おおきみ》は嬉しく思うが、（野守り〈今カレの中大兄皇子《なかのおえのみこ》〉が見咎《みとが》めるのではないか）と気遣う
・それにも構わず、大海人皇子《おおあまのみこ》は、大胆に詠《うた》い返す

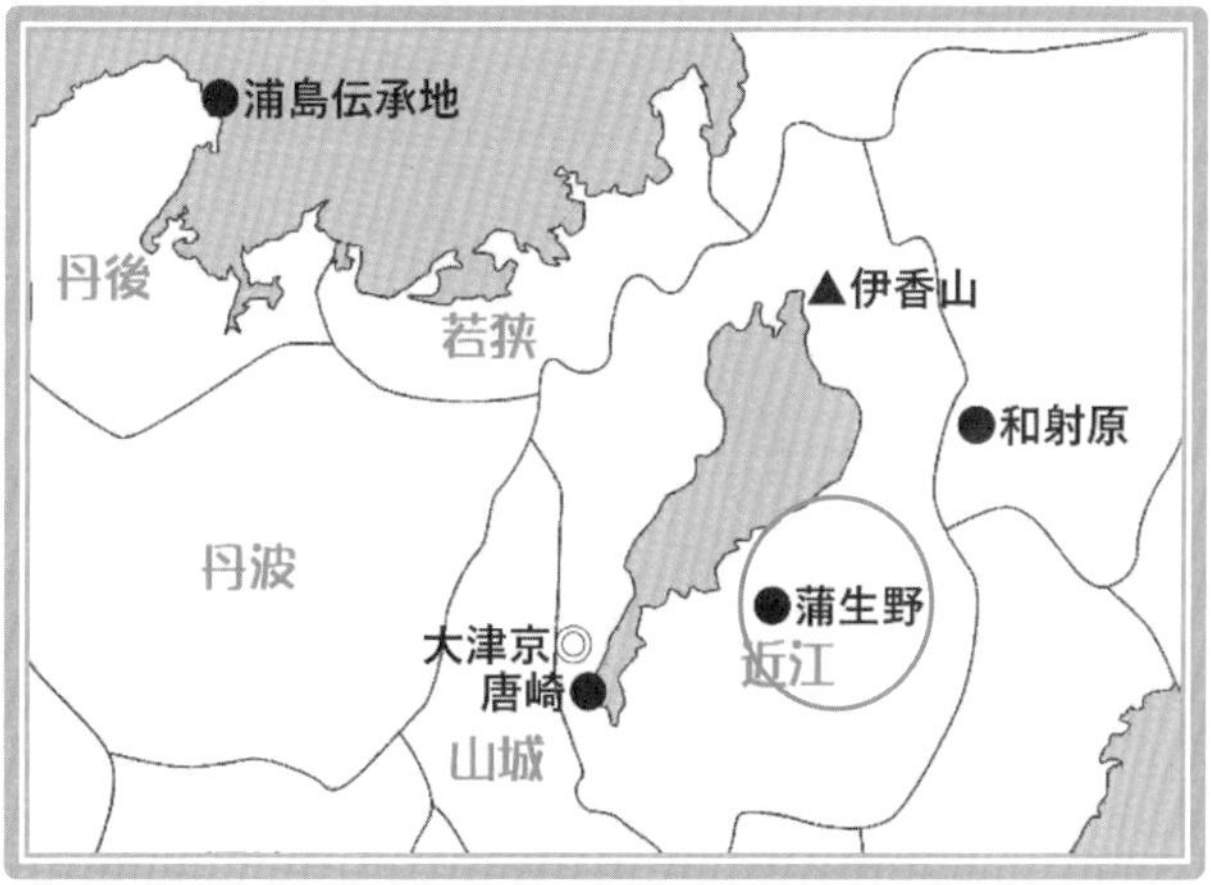

【今は水田が広がる五月の蒲生野《がもうの》】

お前待ち
夜更けの露に　濡れて仕舞《も》た
お前待ってて　雫《しずく》に濡れた
―大津皇子《おおつのみこ》―（巻二・一〇七）

うち待ってて
あんたが濡れた　山雫《やましずく》
成りと思うで　その山雫《やましずく》
―石川郎女《いしかわのいらつめ》―（巻二・一〇八）

あしひきの
山の雫《しずく》に　妹待つと
我れ立ち濡れぬ　山の雫《しずく》に

【葛城市當麻にある「山の雫に」の歌碑】

見つかんの
知っとったんや　始めから
知ってた上で　寝たんや二人

—大津皇子《おおつのみこ》—（巻二・一〇九）

野ぉで刈る
草一束《ひとたば》の　一寸間《ちょっとま》も
わし忘れんで　なぁ大名児《おおなこ》（石川郎女）よ

—日並皇子《ひなめしのみこ》（草壁皇子）—（巻二・一一〇）

- 大津皇子《おおつのみこ》は、飛鳥《あすか》で一番の美女である石川郎女《いしかわのいらつめ》を好きになった
- 恋敵《こいがたき》は草壁皇子《くさかべのみこ》
- 両皇子《みこ》は、天武《てんむ》天皇の子である
- 大津皇子《おおつのみこ》と石川郎女《いしかわのいらつめ》の密会は、草壁《くさかべ》皇子《のみこ》の母（後の持統《じとう》天皇）が命じた見張りに見つかる
- それでも、大津皇子《みこ》は動じない
- やがて、天武《てんむ》天皇が亡くなる
- 次の天皇に就《つ》くのは誰か
- 人望は大津皇子《おおつのみこ》にあるが、草壁皇子《くさかべのみこ》の母の力は強い
- ひしひしと迫る持統《じとう》天皇の圧力
- 大津皇子《おおつのみこ》は、馬を走らせる
- 姉　大伯皇女《おおくのひめみこ》のいる伊勢神宮へと
- 何を話したのか、姉と弟（続く）

お前だけ　大和《やまと》帰して
夜明けまで
うち露濡れて　立ち尽くしてた

—大伯皇女《おおくのひめみこ》—（巻二・一〇五）

二人でも
越すん難儀《なんぎ》な　秋山《やま》やのに
一人でお前　どう越すのんや

—大伯皇女《おおくのひめみこ》—（巻二・一〇六）

大田皇女《おおたのひめみこ》＝天武天皇《てんむてんのう》＝鵜野讃良皇女《うののさららのひめみこ》（持統天皇）

- 大田皇女・天武天皇の子：大津皇子《おおつのみこ》、大伯皇女《おおくのひめみこ》
- 天武天皇・鵜野讃良皇女の子：草壁皇子《くさかべのみこ》

・伊勢から戻った大津皇子《おおつのみこ》を待っていたのは、謀反《むほん》の疑い
・翌日の処刑
・この時、皇子《みこ》24歳（続く）

今日の日が
磐余《いわれ》の池《いけ》で　鳴く鴨を
見るん限りと　この世を去るか

―大津皇子《おおつのみこ》―（巻三・四一六）

【磐余《いわれ》の池の跡とされる
桜井市池之内の水田】

【二上山山頂の大津皇子の墓】

明日《あした》から
二上山《ふたかみやま》を　弟と
思《おも》ぅて暮らそ　この世でひとり

―大伯皇女《おおくのひめみこ》―（巻二・一六五）

岸に咲く
馬酔木《あしび》花手折ろと　思ぅたが
見せるお前は　もぅおらんのや

―大伯皇女《おおくのひめみこ》―（巻二・一六六）

・翌年《あくるとし》、飛鳥《あすか》に戻った大伯皇女《おおくのひめみこ》
・そこには、母も父もいない。そして弟も
・大伯皇女《おおくのひめみこ》は、大津皇子《おおつのみこ》が祀《まつ》られている二上山《ふたかみやま》を見上げて詠《うた》う

―――――――

・運命のいたずらか、大津皇子《おおつのみこ》が亡くなった二年半後、草壁皇子《くさかべのみこ》もこの世を去る

【飛鳥に咲く馬酔木の花】

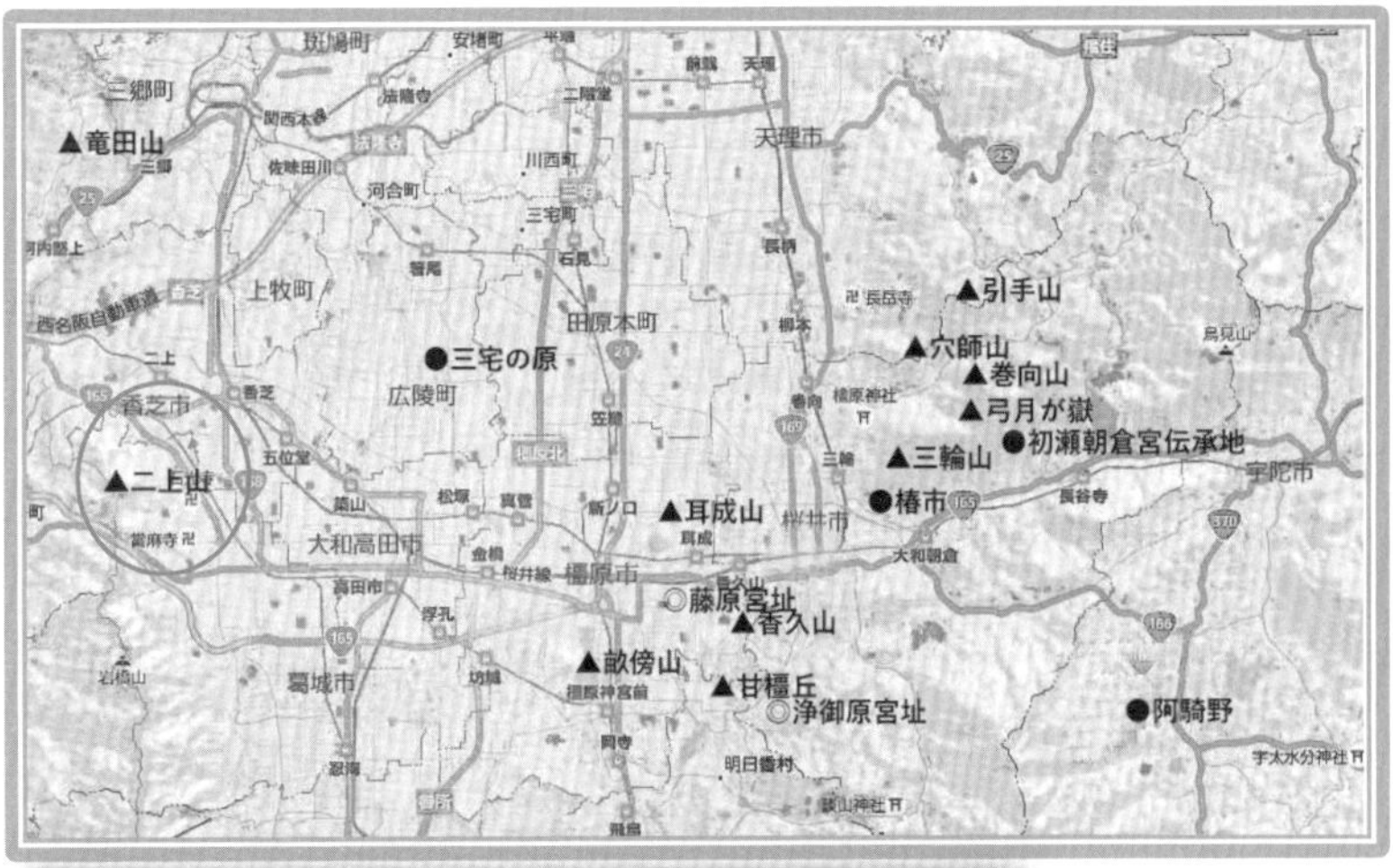

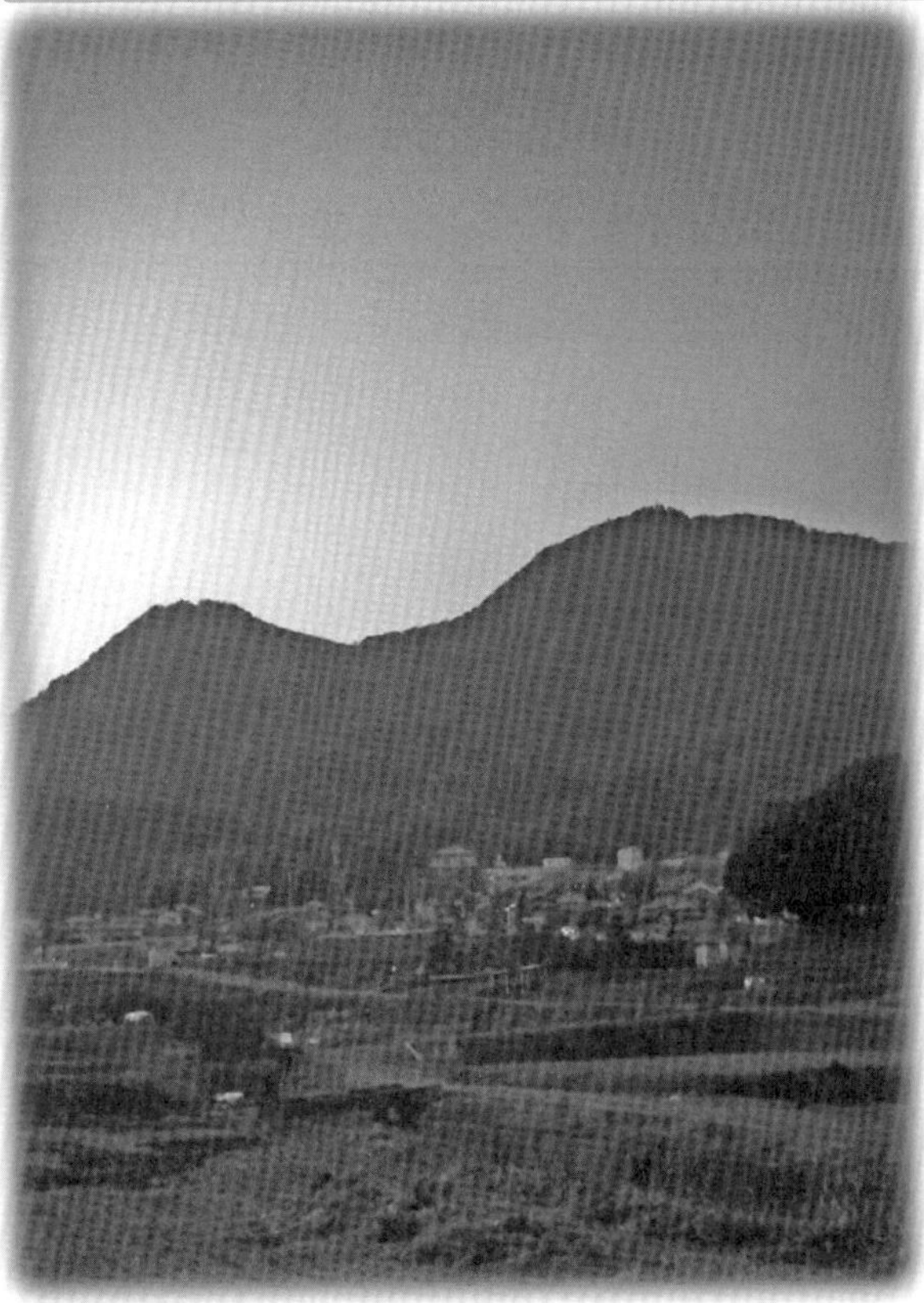

【夕暮れが迫り残光に浮かぶ二上山】

畝傍《うねび》の山の　橿原の
神武《じんむ》の御代《みよ》を　始めとし
引き継ぎ来《きた》る　大君《おおきみ》の
治め給いし　都《みやこ》やに
何を思《おも》われ　大和《やまと》捨て
奈良山越えて　はるばると
遠く離れた　片田舎
近江の国の　大津宮《おおつみや》
都《みやこ》移しを　しなされた

それや言うのに　その都《みやこ》
目当ての場所は　草繁り
大宮大殿　見当たらん
どこへ行ったか　雲霞《かすみ》
悲しさ募る　大宮処《おおみやどころ》

―柿本人麻呂《かきのもとのひとまろ》―　（巻一・二九）

唐崎は
そのまま此処《ここ》に　在るけども
古都人《むかしのひと》も　船も来《こ》んがな

―柿本人麻呂《かきのもとのひとまろ》―（巻一・三〇）

淀み水
今もあるのに　詮無《せんな》いで
昔の人に　逢《あ》うこと無《の》ぅて

―柿本人麻呂《かきのもとのひとまろ》―（巻一・三一）

・持統《じとう》天皇は、行幸《みゆき》に出る
・行先は大津の宮跡
・天皇の父天智《てんち》天皇が、都《みやこ》を移したところである
・夫である天武《てんむ》天皇が起こした壬申《じんしん》の乱
・それに敗れ、消え果てた都《みやこ》だ
・昔の大津の宮を知る、柿本人麻呂《かきのもとのひとまろ》・高市黒人《たけちのくろひと》は詠《うた》う

おい千鳥　そんなに啼《な》きな
啼く度《たんび》　往古《むかし》思えて　堪《たま》らんよって

—柿本人麻呂《かきのもとのひとまろ》—　（巻三・二六六）

この古い
都《みやこ》見てたら　泣けてくる
古い時代の　自分《ひと》違《ちゃ》うのんに

—高市黒人《たけちのくろひと》—　（巻一・三二）

淡海《おうみ》の海《うみ》
夕波千鳥《ゆうなみちどり》　汝《な》が鳴《な》けば
心もしのに　古《いにしえ》思《おも》ほゆ

【「夕波千鳥」の歌碑・大津市柳が崎】

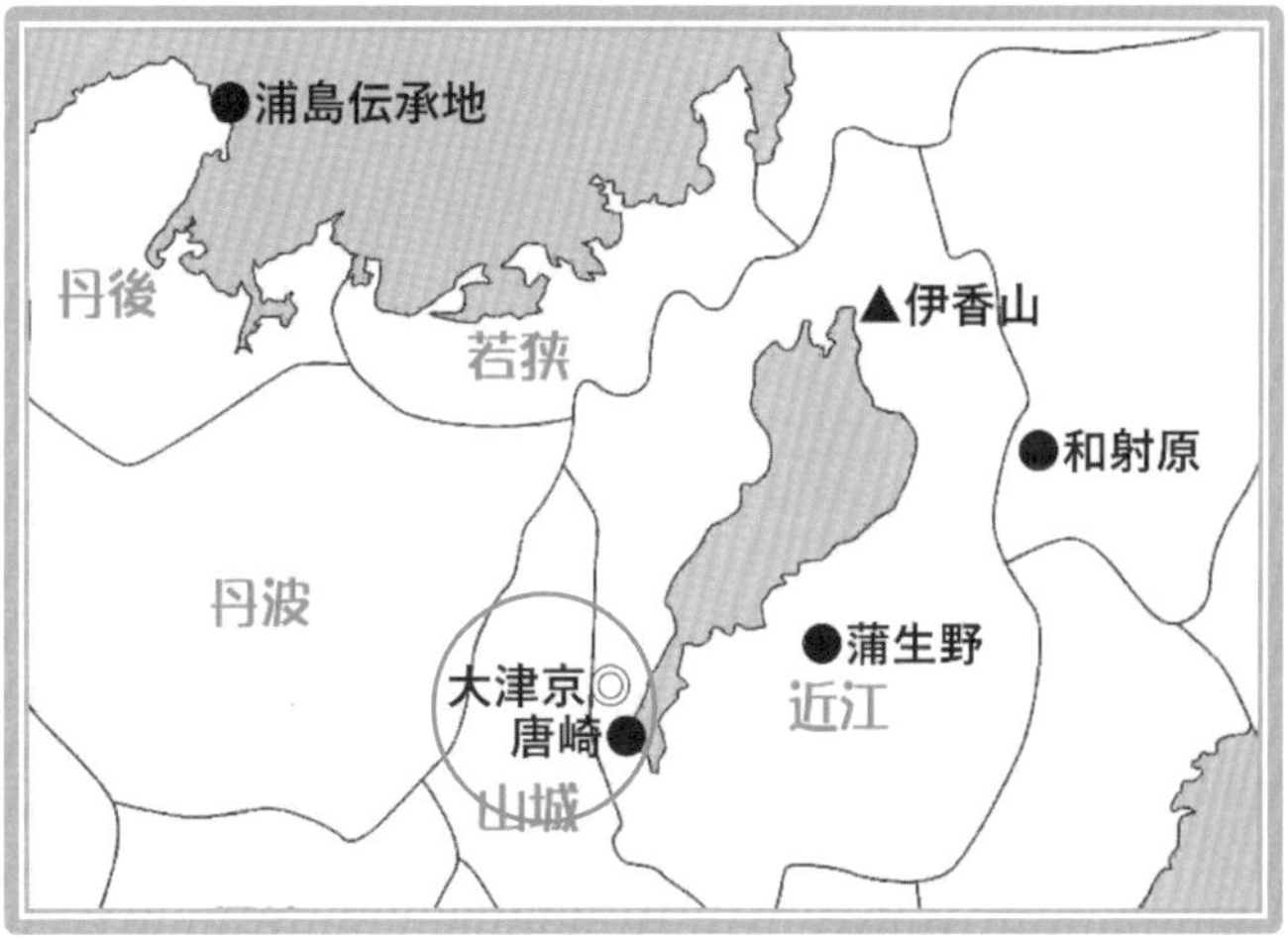

【入り江に淀む水・琵琶湖西岸の唐崎にて】

阿騎野《あきの》まで　狩りに来《き》たのに
昔来た
草壁皇子《みこ》思い出し　皆寝《みなね》られへん

―柿本人麻呂《かきのもとのひとまろ》―（巻一・四六）

日ぃ昇る
月沈んでく　西空に
草壁皇子《みこ》の面影　浮かんで消える

―柿本人麻呂《かきのもとのひとまろ》―（巻一・四八）

・阿騎野《あきの》、そこは人麻呂が草壁皇子《くさかべのみこ》の狩に、お供として来た所である
・あれから、何年経《た》ったであろうか
・草壁皇子《くさかべのみこ》の皇子、軽皇子《かるのみこ》（後の文武《もんむ》天皇）は10歳になっていた
・今また辿るのは、阿騎野《あきの》への道
・生い茂る草木を分けて、岩を踏み登り、辿り着いた阿騎野《あきの》
・従い来た皆々の胸に過《よぎ》るのは、今は亡《な》き草壁皇子《くさかべのみこ》

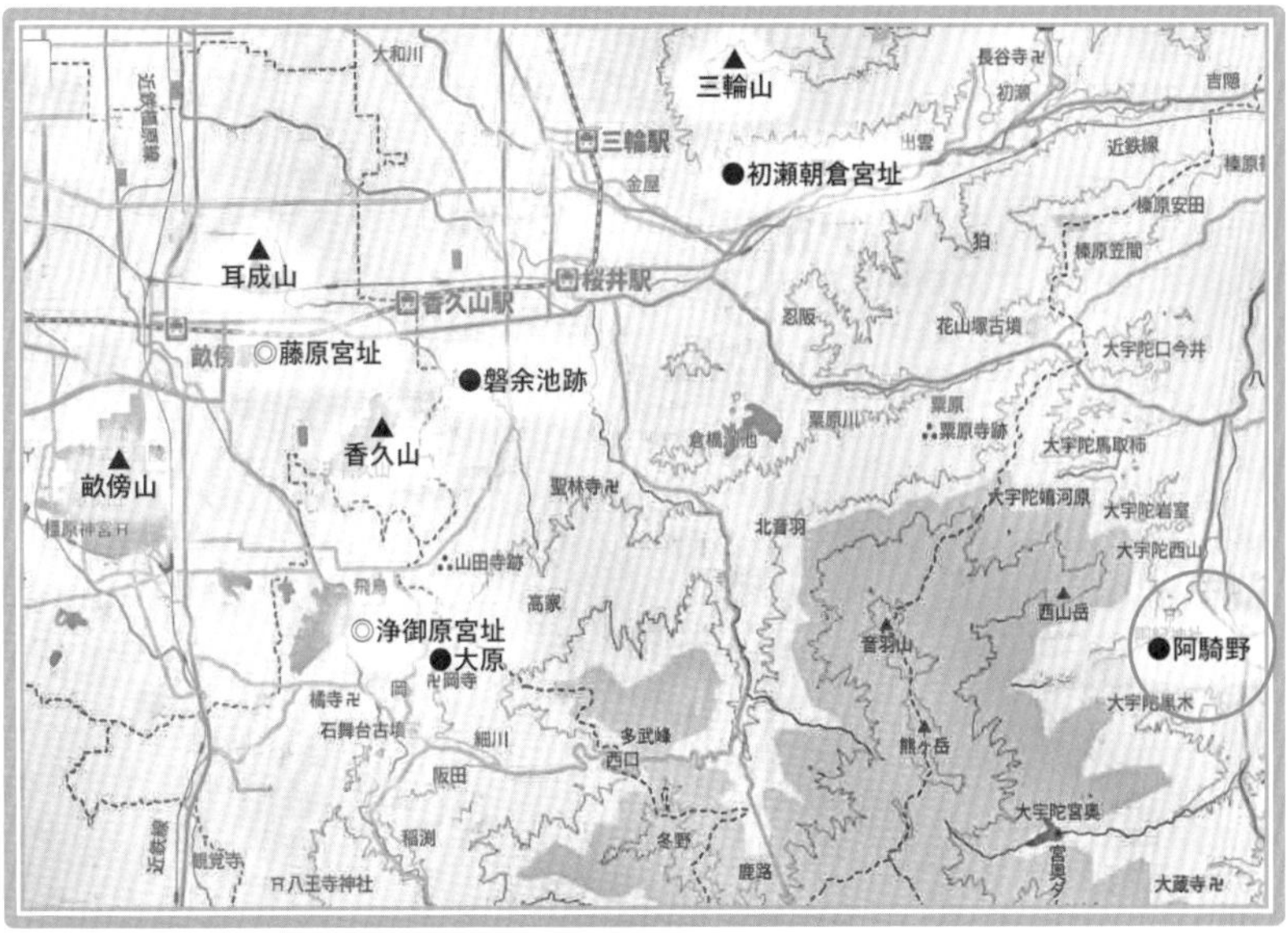

【かぎろひの丘から東方の山々を見る】

采女《うねめ》袖
吹き返してた　風寂し
遠《とお》になったな　明日香《あすか》の都《みやこ》

——志貴皇子《しきのみこ》——（巻一・五一）

・志貴皇子《しきのみこ》は立っていた
・飛鳥浄御原《あすかきよみはら》の宮跡に
・持統《じとう》天皇の藤原の宮への移転
・元あった、建物は屋根瓦を始め、柱・石まで
　も持ち去られた
・ガランとした宮跡
・（新しく出来た藤原の宮の輝かしさと比べ、
　この寂しさは何だ）
・（風は変わらなく吹いているのに・・・）

采女《うねめ》の
袖吹き返《かえ》す　明日香風《あすかかぜ》
都《みやこ》を遠《とお》み　いたづらに吹く

【甘樫丘にある「明日香風」の歌碑】

あの鳥も
昔恋《むかし》しか　清泉《いずみ》越え
飛んで行くがな　大和の方《ほう》へ

―弓削皇子《ゆげのみこ》―（巻二・一一一）

昔《むかし》恋い
鳴く云《ゆ》う鳥は　ほととぎす
それで鳴いたか　うちかて一緒《いっしょ》

―額田王《ぬかたのおおきみ》―（巻二・一一二）

・持統《じとう》天皇に従っての吉野行幸《みゆき》
・次の天皇は軽皇子《かるのみこ》（文武《もんむ》天皇）に決まった
・（子が継ぐべきものを孫になど）と、天武《てんむ》天皇の第六皇子である弓削皇子《ゆげのみこ》は思ったが叶わなかった
・（吉野は、父上が旗揚げされた土地、壬申《じんしん》の乱に勝利し、大和《やまと》の飛鳥《あすか》に都《みやこ》を置かれた）
・（あぁあの鳥は父上であろうか）
・（あの方はどうであろう）
・文《ふみ》は、大和《やまと》にいる老齢の額田王《ぬかたのおおきみ》に届く
・それを見て、額田王《ぬかたのおおきみ》は（わたしもあのころが恋しい）と歌を返す

山筋の　川瀬鳴ってる
やっぱりな
弓月《ゆつき》が嶽《たけ》に　雨雲《あめぐも》出てる

――柿本人麻呂《かきのもとのひとまろ》歌集――（巻七・一〇八八）

夜更《よるふ》けた
川の水音　高《た》こなった
今に一荒《ひとあ》れ　直来《じき》るみたい

――柿本人麻呂《かきのもとのひとまろ》歌集――（巻七・一一〇一）

・人麻呂は馬を急がせていた
・妻・巻向郎女《まきむくのいらつめ》（仮称）が待つ家へ
・雨雲が広がる
・雨に会わず辿り着けた我が家
・二人の穏やかな夜が更けて行く

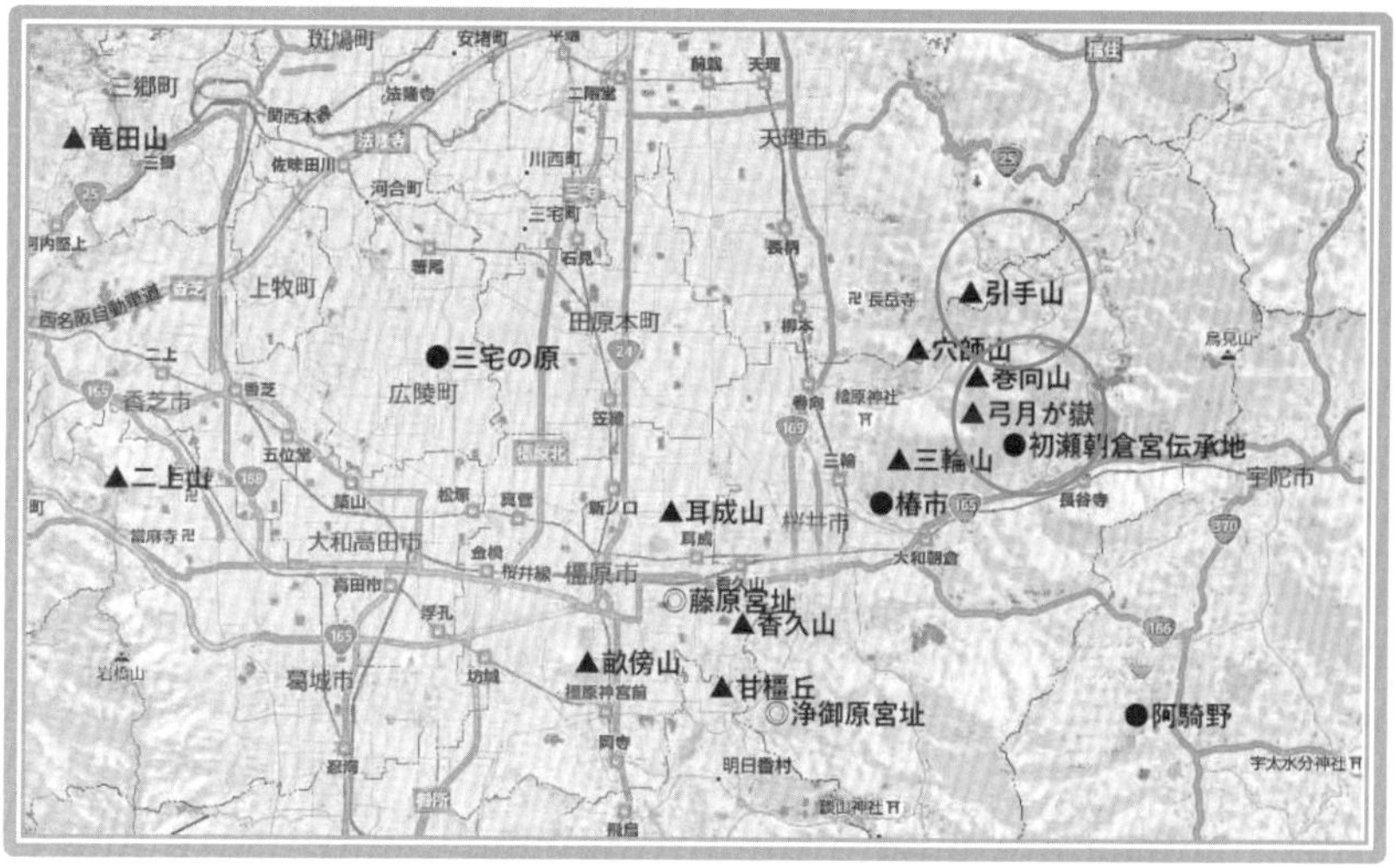
▲竜田山
三郷町
上牧町
●三宅の原
広陵町
香芝市
▲二上山
大和高田市
田原本町
天理市
▲引手山
▲穴師山
▲巻向山
▲弓月が嶽
●初瀬朝倉宮伝承地
▲三輪山
●椿市
桜井市
▲耳成山
橿原市
◎藤原宮址
▲香久山
▲畝傍山
▲甘樫丘
◎浄御原宮址
葛城市
●阿騎野
宇陀市
明日香村

弓月が嶽
↓

【弓月が嶽と巻向川】

引手山《ひきて》
お前葬《まつ》って　降《お》りてきた
ひとり生きてく　気ィならんがな

――柿本人麻呂《かきのもとのひとまろ》――　（巻二・二一二）

去年《きょねん》見た　秋の良《え》ぇ月
今も良《え》ぇ
一緒《いっしょ》見たのに　もぅ居《お》らんがな

――柿本人麻呂《かきのもとのひとまろ》――　（巻二・二一一）

・（あぁ、何故《なぜ》亡くなったのだ。わしを置いて）
・悔やんでも悔み切れない巻向郎女《まきむくのいらつめ》の死
・引手山《ひきて》に妻を葬《ほうむ》った人麻呂の悲しみは、絶えることがない

【引手の山（竜王山）】

衾道《ふすまじ》を
引手の山に　妹《いも》を置きて
山路《やまじ》を行けば　生けりともなし

【山の辺の道にある「衾道《ふすまじ》」の歌碑】

賑《にぎ》やかな　藻を刈る敏馬《みぬめ》　後にして　草ぼうぼうや　野島の岬

―柿本人麻呂《かきのもとのひとまろ》―　（巻三・二五〇）

日ィ沈む　明石の大門《おおと》　振り向くと　大和《やまと》遠《とお》なる　家さえ見えん

―柿本人麻呂《かきのもとのひとまろ》―　（巻三・二五四）

・人麻呂は船の上にいた
・歌詠《よ》みのお声も掛らない人麻呂に、役人としての任務が下る
・（何故、歌詠《よ》みのわしが、石見《いわみ》（島根県）の国へなど・・・）
・難波《なにわ》の港を離れた船は、何ごともなく西へと進む
・（あぁ、大和《やまと》が遠ざかる。家が見えなくなる）
・（残した妻（巻向郎女とは別）が結んでくれた帯に、海風が吹き付け、別れを惜しむ様にひるがえす・・・）

【敏馬《みぬめ》を過ぎた須磨海岸
・前に見えるのは淡路島】

【明石海峡の落日・須磨浦展望台より】

無事でね
お前結んだ　この紐を
野島の風が　吹き返しよる

——柿本人麻呂《かきのもとのひとまろ》——（巻三・二五一）

稲見海《いなみうみ》
次から次と　来る波に
隠れて仕舞《しも》た　大和《やまと》の山々《やま》は

——柿本人麻呂《かきのもとのひとまろ》——（巻三・三〇三）

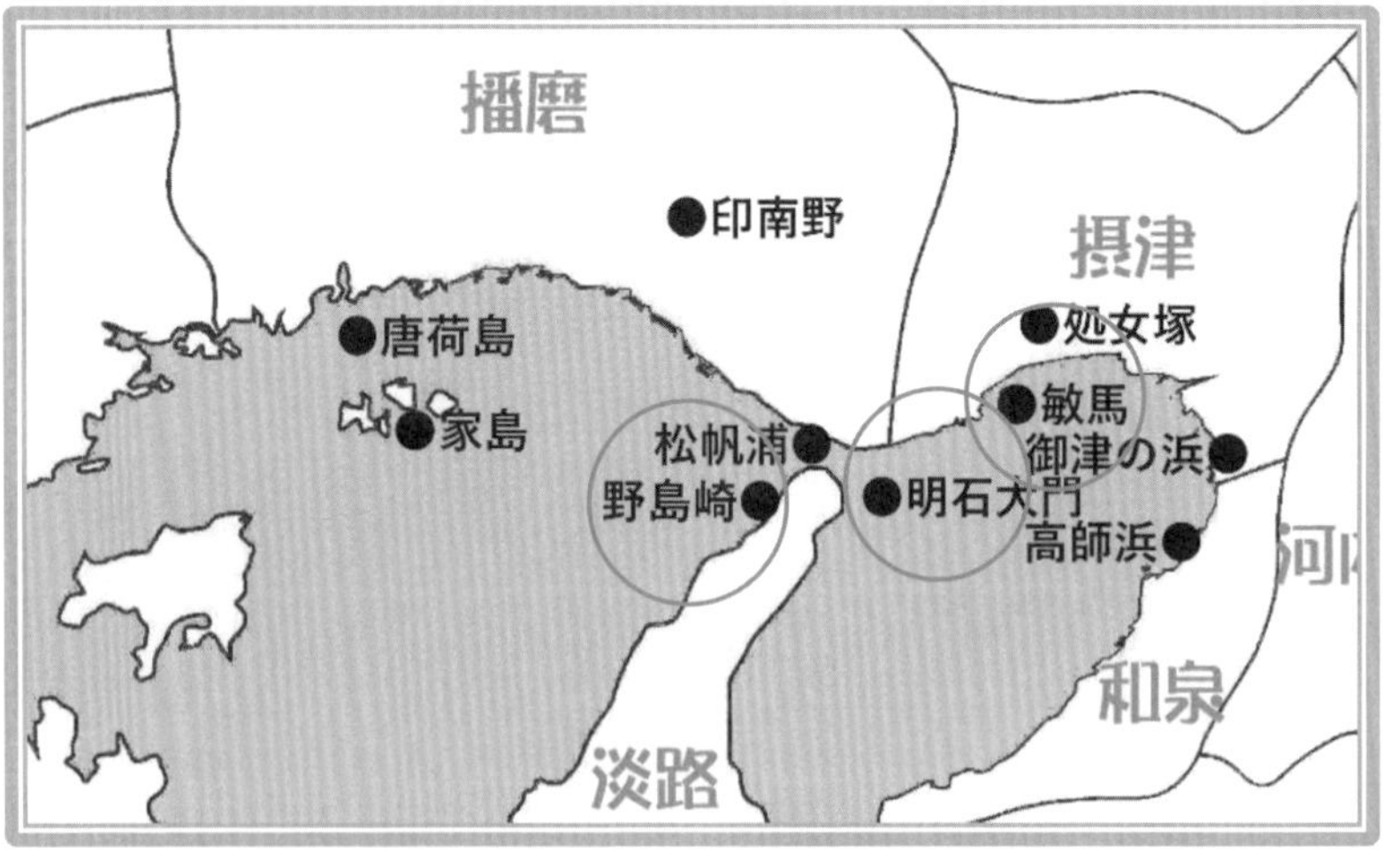

【淡路島の野島海岸】

恋しいて
高角山《たかつの》の　木《き》の間《あいだ》
振るこの袖を　見てるかお前

―柿本人麻呂《かきのもとのひとまろ》―（巻二・一三二）

笹の葉が
ざわざわ揺れる　侘《わび》しいに
別れ来た児で　胸一杯《あふれそ》やのに

―柿本人麻呂《かきのもとのひとまろ》―（巻二・一三三）

・石見《いわみ》の国での任務にも慣れた人麻呂
・この土地で出来た新しい妻・依羅娘子《よさみのおとめ》
・妻との睦《むつ》まじい暮らしが続く
・やがて巡って来た、都《みやこ》への報告の時期
・旅立つ人麻呂の心は、別れの寂しさで、晴れない

【和木真島から見る島星山（高角山？）】

石見《いわみ》のや
高角山《たかつのやま》の　木《こ》の間《ま》より
我が振る袖を　妹見つらんか

【江津市津野津町にある「高角山の」の歌碑】

鴨山で
岩枕して　死ぬのんか
何《な》も知らへんと　お前が待つに

――柿本人麻呂《かきのもとのひとまろ》――　（巻二・二二三）

もうあんた　逢《あ》われんのやな
せめて雲
立ち昇ってや　見て偲ぶんで

――依羅娘子《よさみのおとめ》――　（巻二・二二五）

・都《みやこ》での報告を終えた人麻呂
・行きは朝廷が用意した船であったが、帰りは歩きだ
・山を越え、谷を越え、急ぐ人麻呂の足取りは鈍い
・年齢《とし》の所為《せい》か、旅の疲れか、石見《いわみ》の国に入ろうとする山中《さんちゅう》で、人麻呂は病《やまい》にかかる
・癒《いや》す宿とてなく、人麻呂は石を枕に臥《ふ》す
・やがて、死の知らせを聞いた依羅娘子《よさみのおとめ》は、悲痛な思いを胸に詠《うた》う

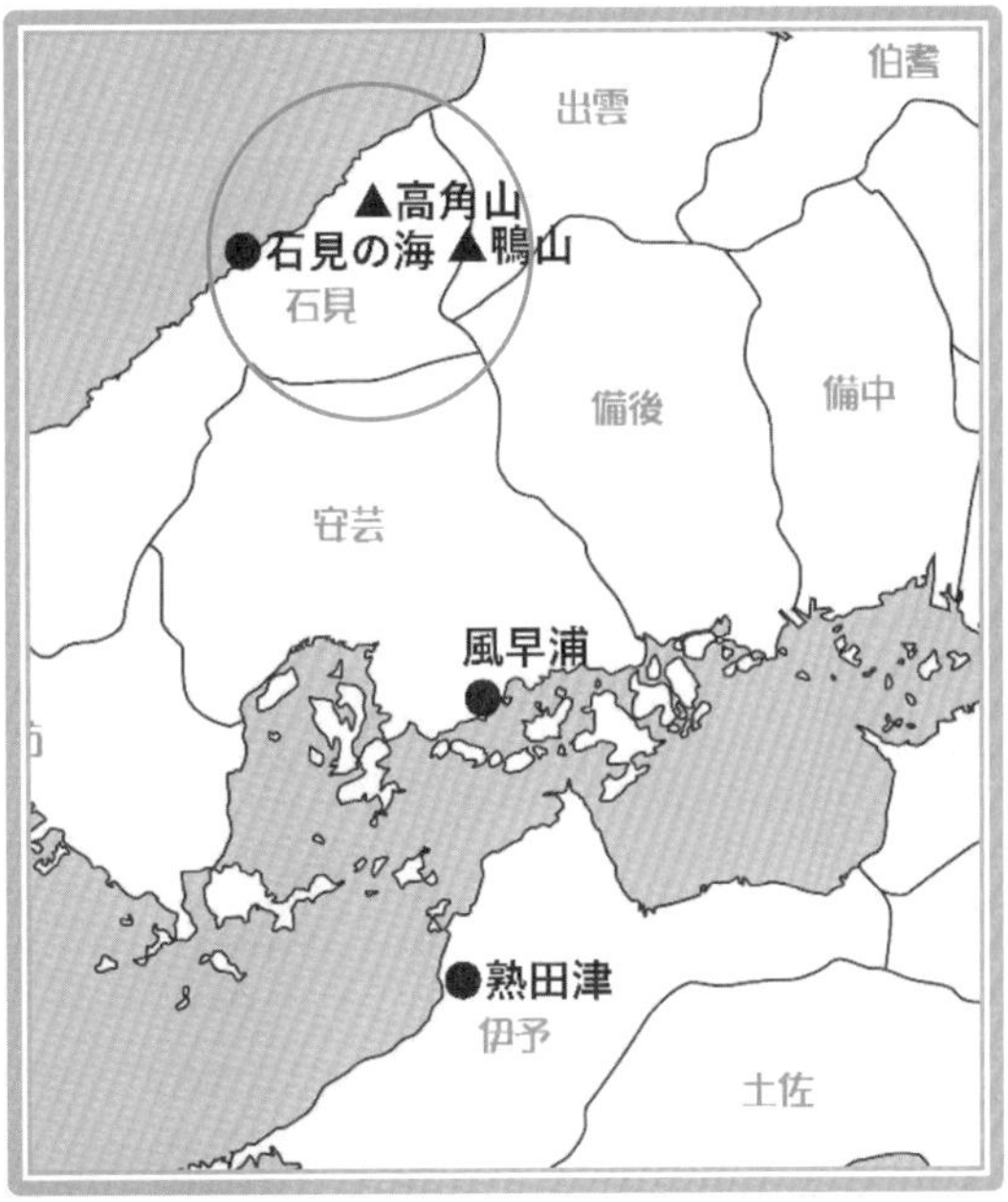

【島根県美郷町の湯抱温泉近くの鴨山】

吉野宮《よしのみや》
山好《え》ぇよって　貴《とうと》いし
川好《え》ぇよって　清《きよ》らかや
長《なご》ぅずうっと　続いてや
何万年も　続いてや
大君《きみ》が来《き》なさる　ここの宮

―大伴旅人《おおとものたびと》―（巻三・三一五）

・（あぁ思い出す。象《きさ》の小川の流れ）
・（あれは、首皇子《おびとのみこ》〈後の聖武《しょうむ》天皇〉の吉野への行幸《みゆき》）
・（皇子《みこ》も若かったが、わしも若かった）
・筑紫《つくし》（九州）の大宰府《だざいふ》の帥《そち》（長官）としての赴任
・晴れの任務ではあるが、すでに老境を迎えた大伴旅人《おおとものたびと》は、気が重い
・（これは左遷《させん》かもしれぬ）
・帥《そち》としての仕事の傍《かたわ》ら、（都恋しや）の思いが募る
・そして、筑紫《つくし》に着いて間無しに、連れてきた妻・大伴郎女《おおとものいらつめ》が亡くなる

今見たら
前よりずっと　良《よ》ぅなった
象《きさ》の清流《ながれ》の　清々《すがすが》しさよ

—大伴旅人《おおとものたびと》—（巻三・三一六）

この命
もぅ一寸《ちょっと》だけ　延《の》びんかな
象《きさ》の小川を　また見たいんで

—大伴旅人《おおとものたびと》—（巻三・三三二）

【今も万葉時代と変わらず清い流れの象《きさ》の小川】

も一遍《いっぺん》　若返りたい
そやないと
奈良《なら》の 京《みやこ》を　見られんままや

——大伴旅人《おおとものたびと》（巻三・三三一）

筑紫《つくし》には　長《な》ご居《お》らんから
夢の淀《わ》入江《だ》
浅瀬ならんと　淵《その》まま居りや

——大伴旅人《おおとものたびと》（巻三・三三五）

・筑紫《つくし》で勤めに　励んでいても
何時《いつ》も思うは　あの奈良の京《みや》
あぁ戻りたや　あの故郷《ふるさと》に
死ぬまで一度　戻ってみたい
そのまま待てよ　あぁ夢の淀《わ》入江《だ》

大野山《おおのやま》　霧立ってるで
わし嘆く
溜息溜《ためいきた》まり　霧なったんや

―山上憶良《やまのうえのおくら》―　（巻五・七九九）

人の世は
空《から》っぽなんや　知らされた
思てたよりか　ずうっと悲し

―大伴旅人《おおとものたびと》―　（巻五・七九三）

・妻を亡くし、うちひしがれる旅人《たびと》
・同じく老境での赴任の山上憶良《やまのうえのおくら》
・旅人《たびと》の悲しみを我が事として、歌に詠《よ》む
・それでも旅人《たびと》は癒《いや》されきれず、世の無常を嘆く

人生は
譬《たとえ》て言《ゆ》たら　船みたい
行って仕舞《しも》たら　何《な》も残らんで

――沙弥満誓《さみまんせい》――（巻三・三五一）

・沙弥満誓《さみまんせい》は、大宰府庁《だざいふちょう》の隣の観世音寺《かんぜおんじ》の建設を進める別当《べっとう》（長官）に任ぜられて筑紫《つくし》にやってきた
・筑紫歌壇の一員

【観世音寺・本堂】

賑《にぎ》やかな　奈良《なら》の京《みやこ》は　色映《は》えて
花咲くみたい　今真っ盛り

——小野老《おののおゆ》——（巻三・三二八）

・旅人《たびと》が筑紫《つくし》に赴任して間もなく、小野老《おののおゆ》もやって来る
・歓迎の宴《うたげ》が開かれるが、小野老《おゆ》が詠《うた》うのは、これもまた都《みやこ》恋しの歌

青丹《あおに》よし
　奈良の京《みやこ》は　咲く花の
映《にお》うがごとく　今盛りなり

【大宰府庁址にある「青丹よし」の歌碑】

せめてワシ　鳥やったらな
帥殿《あんた》はん　都《みやこ》送って　帰って来るに

—山上憶良《やまのうえのおくら》—（巻五・八七六）

京離《きょうはな》れ
ここの田舎に　五年居《お》り
都風情《みやこふぜえ》を　忘れて仕舞《しも》た

—山上憶良《やまのうえのおくら》—（巻五・八八〇）

・大伴旅人《おおとものたびと》は大納言《だいなごん》になり都《みやこ》へと戻る
・（あぁ大伴旅人《たびと》がいなくなる、ワシを残して）
・老齢の山上憶良《やまのうえのおくら》は、筑紫《つくし》歌壇のリーダーであり、歌友《うたとも》である旅人《たびと》がいなくなることを嘆く

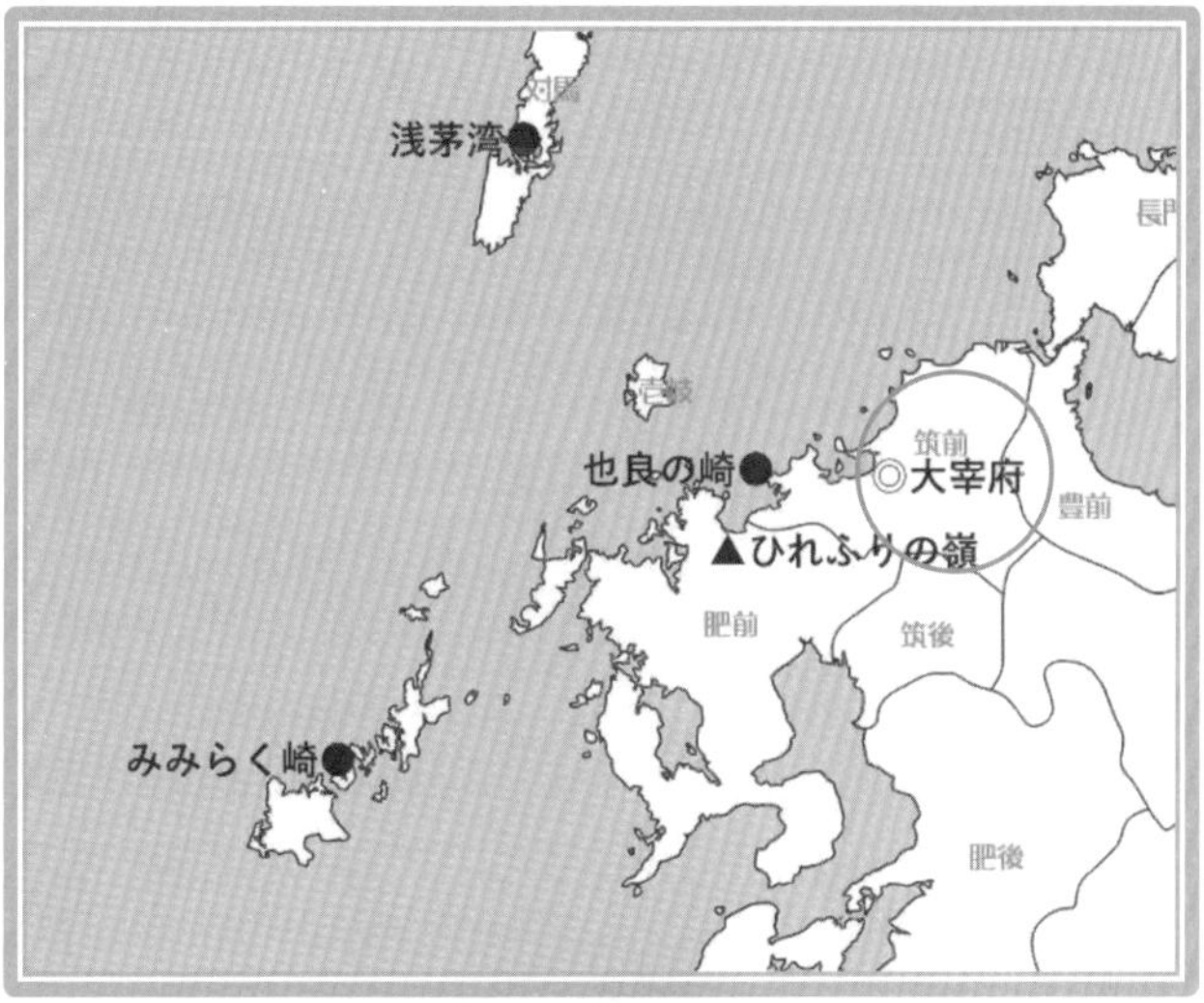

【大宰府址の礎石】

瓜を食《く》うたら　思われる
栗を食《く》うては　また思う
どこから来たか　この子供
目ぇ瞑《つぶ》っても　顔浮かび
寝も出来んがな　気になって

—山上憶良《やまのうえのおくら》—（巻五・八〇二）

・「人を大切にするには、その人を我が子だと思え
しかし、子供だからと言って愛しすぎるのは、よくない」
・との釈迦《しゃか》の教えを思いながら、憶良《おくら》は首を振る
・（そうは行かないのだ。こんなに可愛いものを）

瓜食《は》めば　子ども思おゆ
栗食《は》めば　まして偲《しの》ばゆ
何処《いずこ》より　来《きた》りしものぞ
眼交《まなかい》に　無性《もとな》懸かりて
安眠《やすい》し寝《な》さぬ

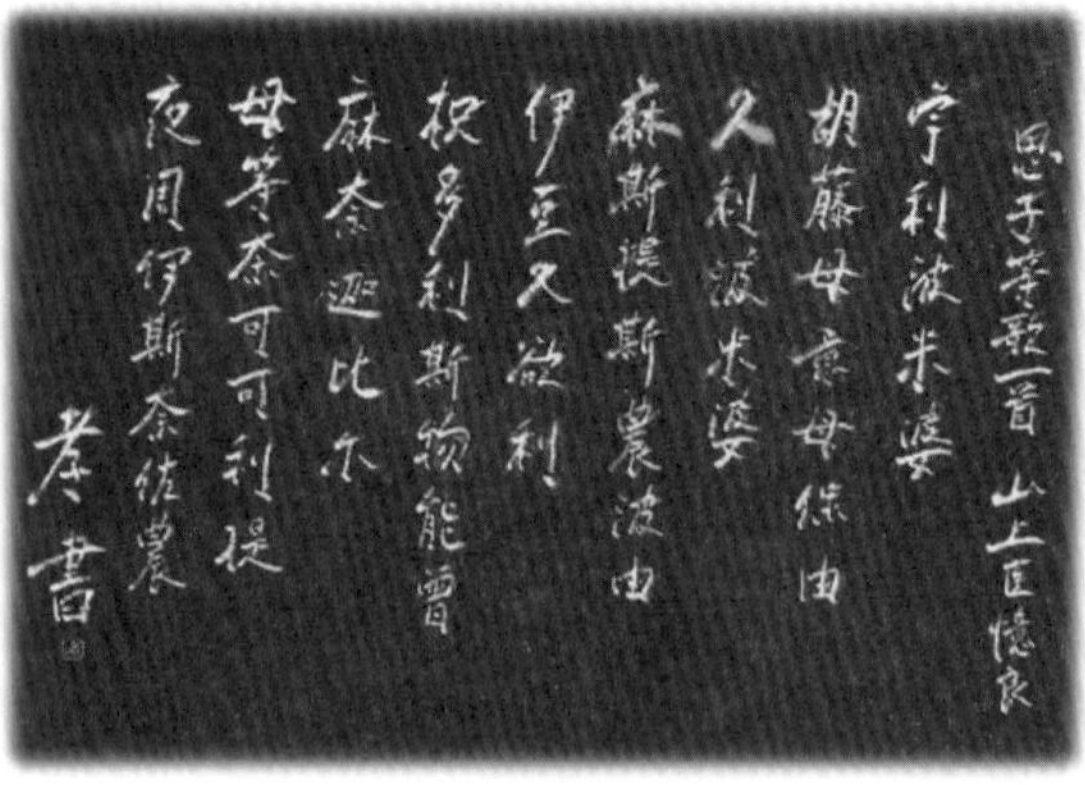

【奈良市油阪東町（西方寺）の歌碑】

金や銀
宝の玉も　そんなもん
なんぼのもんじゃ　子が一番や

―山上憶良《やまのうえのおくら》―（巻五・八〇三）

憶良《おくら》めは　もぅ帰ります
子ぉ泣くし
女房《よめ》もこのわし　待ってますんで

―山上憶良《やまのうえのおくら》―（巻三・三三七）

憶良《おくら》らは
今は罷《まか》らん　子泣くらん
そのかの母も　我《わ》を待つらんぞ

【嘉麻市稲築町鴨生（鴨生公園）にある歌碑】

佐用姫《さよひめ》は
夫《おっと》恋しと　領布《ひれ》振った
付いた山の名　そこから来てる

—作者不明—（巻五・八七二）

沖へ行く　船帰ってと
根限り
領布《ひれ》振ったんや　佐用姫《さよひめ》はんが

—山上憶良《やまのうえのおくら》？—（巻五・八七四）

・（せっかく筑紫《つくし》に来たのだ。これを見ず
　に措《お》かれようか）
・憶良《おくら》は来た。伝説の山、ひれふりの嶺
・あの伝説《つたえばなし》がその目に浮かぶ

――――――

大伴狭手彦《おおとものさでひこ》　韓国《からくに》への任務を負う
松浦潟《まつらがた》を船出　船　遥《はる》かな沖に
時に　狭手彦《さでひこ》の　思い人　佐用姫《さよひめ》
別れの易《やす》く　逢《あ》うの難《かた》きことを知り
高山《たかやま》に上《のぼ》り　船よ帰れと　領布《ひれ》を振る
船は戻らず　泣きくれる　佐用姫《さよひめ》
七日七晩の　嘆きの後《のち》　石と化す
世の人　この高山をして　領布振《ひれふり》の嶺《みね》
と称す

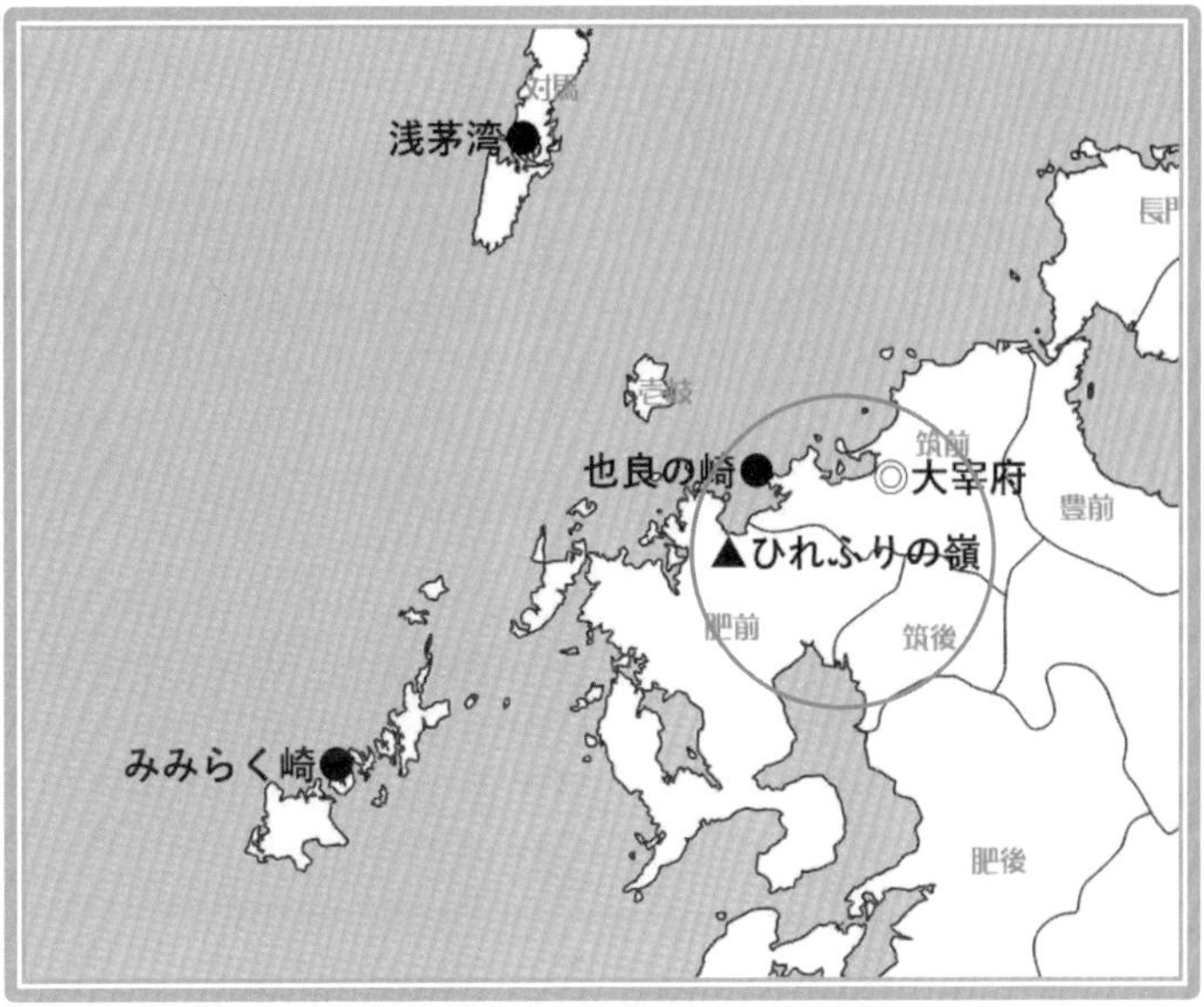

【唐津湾の奥からみるひれふりの嶺】

沖の島
荒磯《ありそ》の玉藻　満潮《しお》来たら
隠れて仕舞《ま》うで　見えん様《よ》なるで
―山部赤人《やまべのあかひと》―（巻六・九一八）

潮満ちる
干潟無《の》ぅなる　若の浦
葦ある岸へ　鶴鳴いてくで
―山部赤人《やまべのあかひと》―（巻六・九一九）

・聖武《しょうむ》天皇に付き従っての紀伊《き》の国（和歌山県）への行幸《みゆき》
・山部赤人《やまべのあかひと》は詠《うた》う
・目の前に広がる景色を褒め、「天皇がお治めなさる国はこんなにも素晴らしい」と長歌《ちょうか》を詠《うた》う
・今は、もう天皇も神ではなく、ご一緒に楽しまれる
・赤人《あかひと》の短歌《たんか》に、ふと、自分の思いが忍び出る

【和歌浦中三丁目（玉津島神社）の
長・短歌の歌碑】

沖つ島
荒磯《ありそ》の玉藻　潮干《ひ》満ちて
い隠《かく》り行かば　思おえんかも
若の浦に
潮満ち来れば　潟《かた》を無み
葦辺をさして　鶴《たず》鳴き渡る

【権現山《ごんげんやま》から「わかの浦」を見る】

吉野山
象山《きさやま》木立ち　梢先《こずえさき》
鳥無数《いっぱい》に　囀《さえず》る朝や

—山部赤人《やまべのあかひと》—（巻六・九二四）

夜《よる》更けた
久木《ひさぎ》生《は》えてる　川原《かわはら》で
千鳥鳴き声　頻《しき》りに為《し》とる

—山部赤人《やまべのあかひと》—（巻六・九二五）

・紀伊《きい》の国への行幸《みゆき》の翌年《あくるとし》
・吉野への行幸《みゆき》
・そこで赤人《あかひと》は目覚めた
・（長歌は、天皇を褒める形だけでいいのだ）
・（自分が思う心は、短歌に乗せればいい）
・赤人《あかひと》独自の叙景歌《じょけいか》が生まれた瞬間である
※叙景歌《じょけいか》＝景色の様子を詠《よ》み込んだ歌

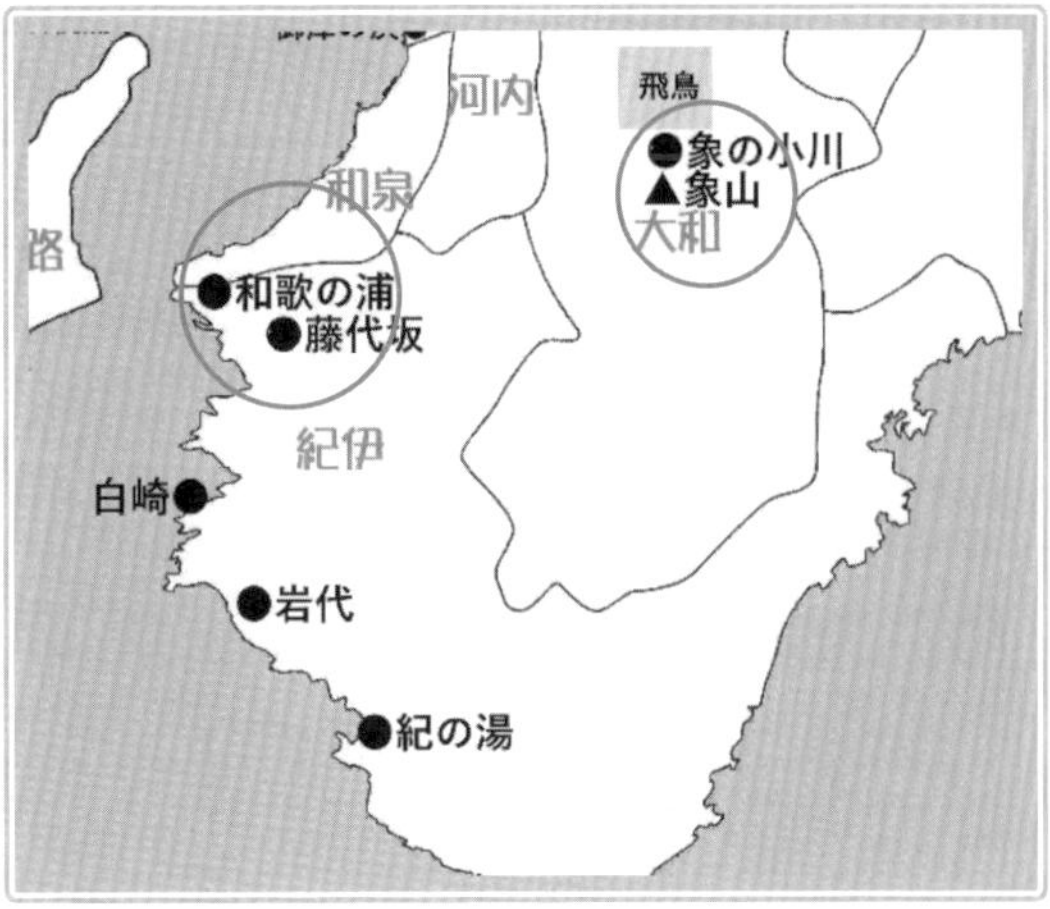

【喜佐谷から見る象山《きさやま》】

田子の浦
回って見たら　パッと富士
山上《やまうえ》白ぅ　雪降っとるで

――山部赤人《やまべのあかひと》――（巻三・三一八）

・「おおっ」
・赤人《あかひと》の目に富士が飛び込む
・険《けわ》しい崖沿いの道を進み来た赤人《あかひと》
・角《かど》を廻ると、パッと明るさが広がる
・ほっとして見上げると、見えた白い峰
　の輝き
・その神々《こうごう》しさに、自然と歌が口を吐《つ》く

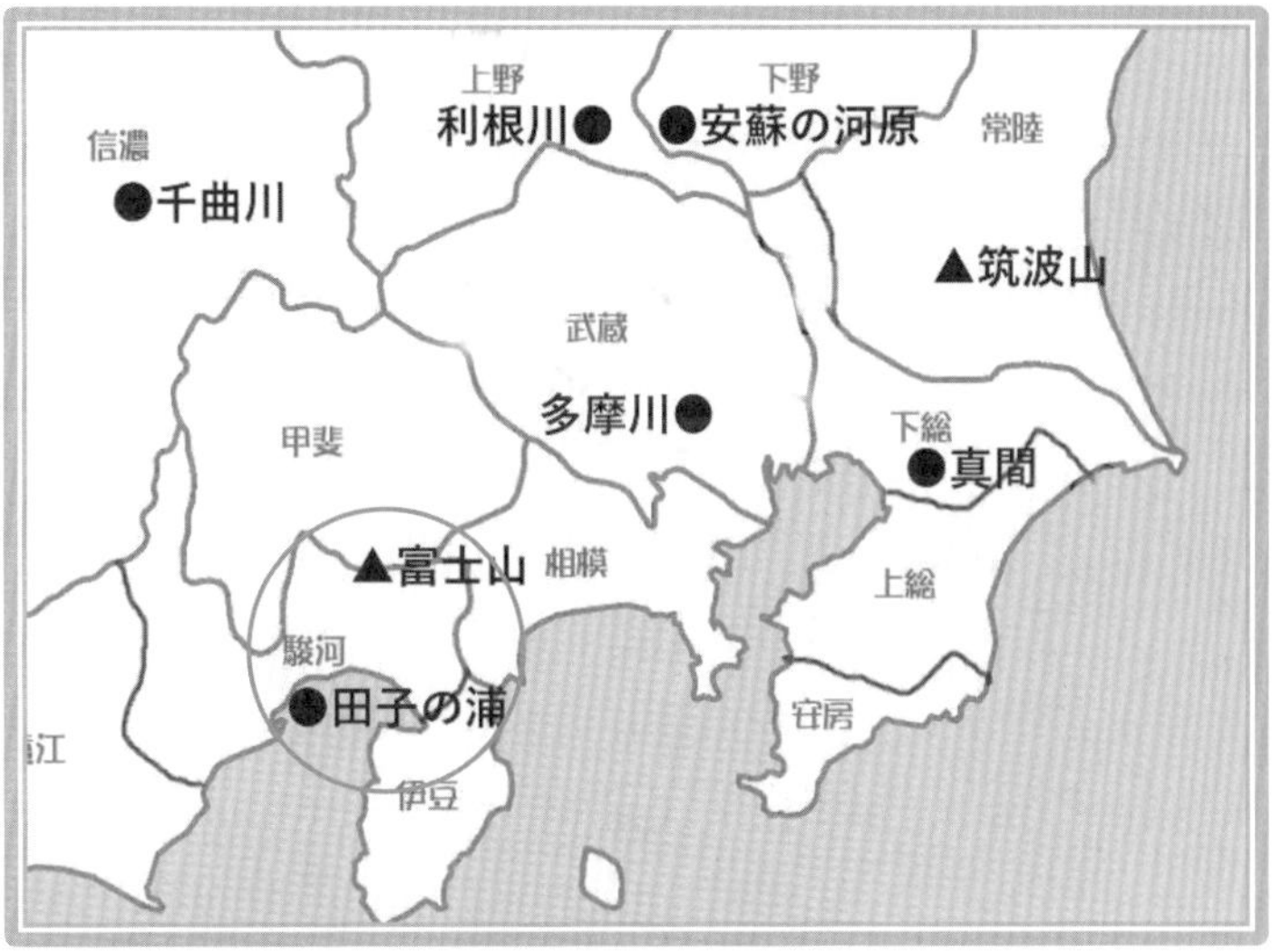

【薩埵《さった》峠の道から見た富士】

塵《ちり》みたい
こんなしがない　ワシの所為《ため》
辛《つら》い目遭《あ》わす　おまえ可哀想《かわいそ》

―中臣宅守《なかとみのやかもり》―（巻十五・三七二七）

燃やしたる
あんた行く道　手繰《たぐ》り寄せ
そんな火ィ欲し　神さん寄越《よこ》せ

―狭野弟上娘子《さののおとかみのおとめ》―（巻十五・三七二四）

・中臣宅守《なかとみのやかもり》は、女官に恋をした
・あまり身分の高くない女官に
・女官の名は、佐野弟上娘子《さののおとかみのおとめ》
・女官への恋は禁じられているのか
・その所為《せい》か、誰かに罪を被《かぶ》せられたのか
・下った罰は、地方の人が少ない所の味真野《あじまの》への監視付き追放（流罪）
・残された娘子《おとめ》を心配する宅守《やかもり》
・引かれて行く宅守《やかもり》を、（行かすものか）と詠《うた》う娘子《おとめ》（続く）

塵泥《ちりひじ》の
数にもあらぬ　我れ故に
思い侘《わぶ》らん　妹が悲しさ

【越前の里・味真野苑の歌碑
二つの歌碑は小高い丘に、向かい合って立っている】

君が行く
道の長手《ながて》を　繰《く》り畳《たた》ね
焼き亡《ほろ》ぼさん　天《あめ》の火もがも

赦《ゆる》されて　帰る人来る
聞いた時
死《し》に相《そ》なったで　あんたや思《おも》て

——狭野弟上娘子《さののおとかみのおとめ》——（巻十五・三七七二）

覚えてて
あんたの帰る　その日まで
うち長らえて　生きてくよって

——狭野弟上娘子《さののおとかみのおとめ》——（巻十五・三七七四）

・国に祝い事があり、罪が赦《ゆる》される命令が出る
・（やれ嬉しや）と喜ぶ娘子《おとめ》
・しかし、帰って来た人の中に夫《おっと》の姿はない
・周《まわ》りの非難に耐えながら、沈む心で待ち続ける娘子《おとめ》
・やがて、重なる心配に耐え切れず病《や》み臥し、娘子《おとめ》は亡くなる
・宅守《やかもり》が赦《ゆる》されて帰ってきたのは、その後かなり経《た》った後である

――――――

・宅守《やかもり》の歌　40首
・娘子《おとめ》の歌　23首

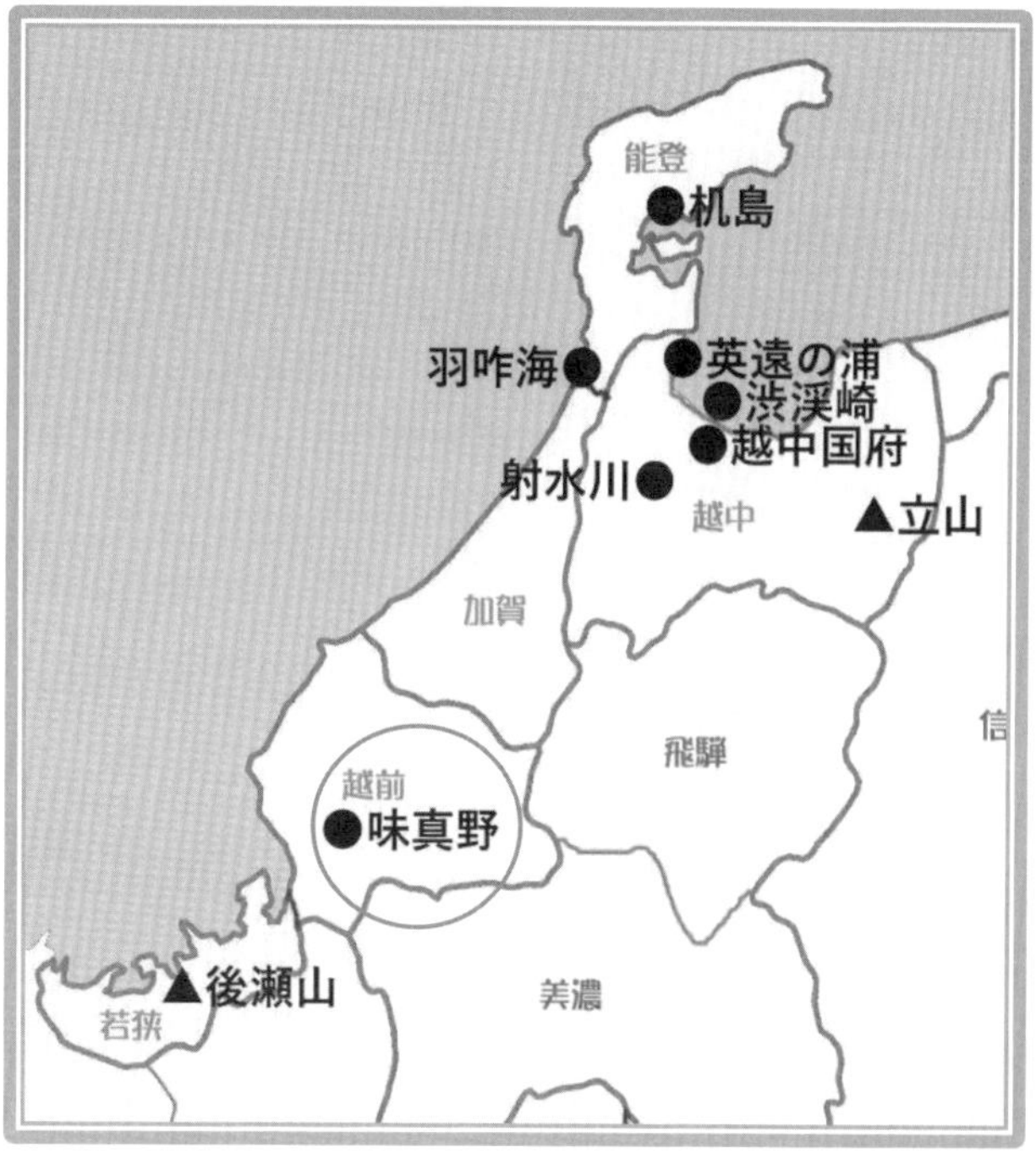

【味真野・味真野神社から東を見る】

恋い焦がれ　逢《あ》えたんやから
好き好きて
満々《いっぱい》言《ゆ》うて　離さん言《ゆ》なら

—大伴坂上郎女《おおとものさかのうえのいらつめ》—（巻四・六六一）

うちだけや
恋し思てん　決まってる
あんた口先　ばっかりやんか

—大伴坂上郎女《おおとものさかのうえのいらつめ》—（巻四・六五六）

・恋多き女、それは大伴坂上郎女《おおとものさかのうえのいらつめ》
・大伴旅人《おおとものたびと》の妹である
・そして、大伴家持《おおとものやかもち》の叔母
・天武《てんむ》天皇の皇子　穂積皇子《ほづみのみこ》に嫁ぐ
が、早々に死別れ
・藤原四兄弟の一人　藤原麻呂《まろ》との恋
にも破れ
・同族の大伴宿奈麻呂《おおとものすくなまろ》と結婚
・娘の坂上大嬢《さかのうえのおおいらつめ》は家持《やかもち》の妻に
・旅人《たびと》が亡くなった後、大伴家を取り
仕切り、家持《やかもち》を支えた
・歌は、男に対する、深い愛情、待つ
女の苦しみ、冷たい男への恨み節な
どなど数多い

来《く》る言《ゆ》ても
来《こ》ん時あるで　来《こ》ん言《ゆ》んや
来《く》るか待たんで　来《こ》ん言《ゆ》うとんに

―大伴坂上郎女《おおとものさかのうえのいらつめ》―（巻四・六五六）

もぅうちは　死んで仕《し》舞《も》たる
生きてても
あんたその気に　成らへんよって

―大伴坂上郎女《おおとものさかのうえのいらつめ》―（巻四・六八四）

大伴坂上郎女《おおとものさかのうえのいらつめ》―坂上大嬢《さかのうえのおおいらつめ》
大伴旅人《おおとものたびと》――大伴家持《おおとものやかもち》
（坂上大嬢＝大伴家持）

二人して
あんな深《ふこ》ぅに　誓《ちこ》たんや
あんたの心　うち忘れんで

―笠郎女《かさのいらつめ》―（巻三・三九七）

皆《みんな》みな
早よ寝《ね》と鐘《かね》は　鳴るけども
あんた思たら　眠《ねむ》られへんが

―笠郎女《かさのいらつめ》―（巻四・六〇七）

・あちらこちらと、大伴家持《おおとものやかもち》は、恋の遍歴を重ねていた
・（やっと見つけたぞ、われに似合いの麗《うるわ》しい女）
・それは笠郎女《かさのいらつめ》
・ここぞと熱を上げる家持《やかもち》
・それに情深くこたえる笠郎女《いらつめ》
・逢《あ》う度《たび》、待たす度《たび》、ますます情熱を燃え盛らせる笠郎女《いらつめ》
・その激しさにたじたじとなり、一挙に気の冷める家持《やかもち》
・（これでもか）と届く、燃える恋つぶて歌
・万葉集に、家持《やかもち》のこの恋に対する歌は載っていない

もしもやで
恋いて焦がれて　死ぬんなら
うち千回も　死んで仕舞《しも》てる

——笠郎女《かさのいらつめ》——（巻四・六〇三）

気ィ冷《さ》めた　人思うんは
寺の餓鬼《がき》
尻から拝む　みたいなもんや

——笠郎女《かさのいらつめ》——（巻四・六〇八）

【餓鬼《がき》】

・生前に犯した罪の報いで餓鬼道に堕《お》ちた亡者
・痩せこけて腹だけがふくれている
・食べようとする食物は忽《たちま》ち炎となり、食べることができない

——————

・仏の前で祈るのはご利益《りやく》があるが餓鬼《がき》、それも後ろから拝んでは、効き目のあるはずはない

この次宴《つぎ》は
馬並べ行こ　渋谿《しぶたに》の
清い磯辺に　寄る波見ぃに

―大伴家持《おおとものやかもち》―（巻十七・三九五四）

志雄街道《しおみち》を
越えたらパッと　羽咋海《はくい》
朝凪《な》ぎしてる　船出《ふねだ》したいな

―大伴家持《おおとものやかもち》―（巻十七・四〇二五）

・大伴家持《おおとものやかもち》は、越中《えっちゅう》（富山県）の守《かみ》（長官）になっていた
　都《みやこ》から遠く離れた地への赴任
・朝廷に仕える者として出世するには、避けては通れない道だ
・各地への見回り、収穫状況の調査、朝廷への報告、と忙しい任務の傍《かたわ》ら、都《みやこ》では見たこともないここ越中の景色や風習に、心躍《おど》らす家持《やかもち》
・あちらこちらへ仲間と連れ立ち、宴会《うたげ》をするのは、単なる気晴らしだけではなかったようである
・越中で生まれた歌は223首もあり、優れたものが多く、胸躍《おど》る家持《やかもち》の感動が伝わって来る

【羽咋《はくい》の海・干拓により田畑となっている・・・】

【夜明け前の渋谿《しぶたに》の崎・遠景は立山連峰】

射水川《いみずがわ》
上《のぼ》る漁師の　舟歌《ふなうた》や
夜明けの床《とこ》で　遥《はる》か聞こえる

―大伴家持《おおとものやかもち》―　（巻十九・四一五〇）

英遠《あお》浦に
寄せ来る白波《なみ》は　次々や
立って重《かさ》なる　東風《かぜ》激しんや

―大伴家持《おおとものやかもち》―　（巻十八・四〇九三）

【射水川・高岡市米島にて】

【英《あ》遠《お》の浦・せりだしは阿尾城址】

春苑《はるその》で　紅《あこ》うに映《は》える　桃の花
その下道《したみち》に　立つ娘子児《おとめご》よ

―大伴家持《おおとものやかもち》―　（巻十九・四一三九）

庭散るは　李《すもも》の落花《はな》か
降《ふ》っとった
雪が斑《まだら》に　残っとるんか

―大伴家持《おおとものやかもち》―　（巻十九・四一四〇）

・単身赴任の越中《えっちゅう》での暮らし
・重い病《やまい》に沈んだ時もあった
・（妻恋しや）の歌も残っている
・そんな家持《やかもち》が、赴任四年目を迎えた春
・日もうららの三月始め
・心が潤《うるお》うような歌が生まれる
・前の年に、妻・坂上大嬢《おおいらつめ》を迎えたせい
　もあるか

春の苑《その》
紅《くれない》映《にお》う
桃の花
下照《したで》る道に
出《い》で立つ娘子《おとめ》

【千曲市上山田温泉（住吉公園）にある歌碑】

娘子《おとめ》らが
多数《よけ》集まって　水を汲む
湧水《わきみず》場所に　咲く堅香子《かたかご》よ

―大伴家持《おおとものやかもち》―（巻十九・四一四三）

【かたかご（カタクリ）の花】

【高岡市伏木古国府（勝興寺北西裏）の寺井と歌碑】

物部《もののふ》の　八十娘子《やそおとめ》らが
汲《く》み乱《まご》う
寺井《てらい》の上の　堅香子《かたかご》の花

春の野に
霞靡《なび》いて　鶯の
声沁《し》む宵《よい》や　沈む心に

―大伴家持《おおとものやかもち》―（巻十九・四二九〇）

庭の小藪《やぶ》
風音《おと》も無《の》ぅ　吹き抜ける
この夕暮れの　寂《さみ》しさ何や

―大伴家持《おおとものやかもち》―（巻十九・四二九一）

・五年ぶりに戻った都《みやこ》は、様子が違っていた
・聖武《しょうむ》天皇が位を譲られて数年
・権力を得た藤原仲麻呂《ふじわらのなかまろ》が、政治を動かしている
・対抗するは、橘諸兄《たちばなのもろえ》。しかし温厚な性格故に、仲麻呂《なかまろ》を抑え切れない
・その息子の橘奈良麻呂《たちばなのならまろ》が、仲麻呂《なかまろ》打倒への画策を進める
・大伴一族の何人かもそれに加わる
・（我れは如何にすべきか）
・一族を取り仕切る家持《やかもち》は、苦悩していた
・春だというのに塞がる胸に、歌が生まれる

日ぃうらら
雲雀《ひばり》囀《さえず》る　春やのに
心弾《はず》まん　思いも尽きん

—大伴家持《おおとものやかもち》—（巻十九・四二九二）

我がやどの
い笹群竹《ささむらたけ》　吹く風の
音の幽《かそ》けき　この夕《ゆうべ》かも

【阿南市那賀川中島（米沢邸）にある歌碑】

新年《しんねん》と
立春《はつはる》重なり　雪までも
こんな好《え》ぇこと　ますます積もれ

—大伴家持《おおとものやかもち》—（巻二十・四五一六）

・正月来たぞ　元旦迎え
暦《こよみ》季節の　いたずらなのか
立春《りっしゅん》までも　重なり来たぞ
おまけに雪も　降り積もりおる
雪が降るのは　吉兆《きっちょう》しるし
雪々積もれ　ますます積もれ
良きこと積もれ　ますます積もれ

・大伴家持《おおとものやかもち》は　因幡《いなば》(鳥取県)の守《かみ》(長官)に任じられた
迎えた正月の日
「良きこと積もれ」と念じるのは
藤原仲麻呂《ふじわらのなかまろ》の横暴を嘆いてのことか

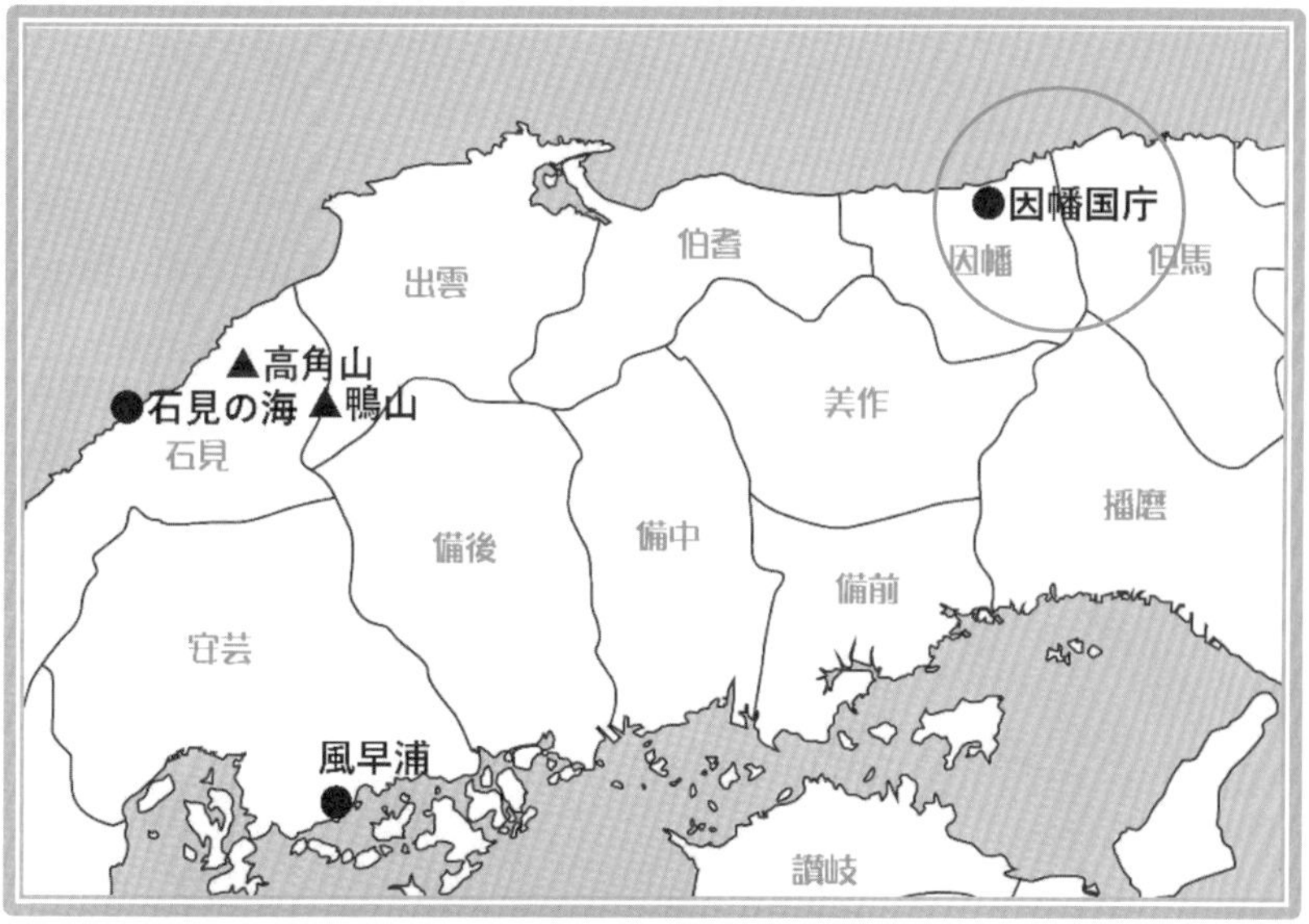

【雪の因幡国庁址】

第二章　恋の歌・いろいろ

籠《かご》よ　籠々《かごかご》　良《え》え籠《かご》さげて
掘串《くし》よ　掘串々々《くしくしくし》　良ぇ掘串《くし》持って
岡で菜《な》を摘《つ》む　そこなる娘
家は何処《どこ》かな　名は何《なん》ちゅうか
ここの麗《うるわ》し　大和《やまと》の国を
治《おさ》めおるんは　このわしなるぞ
仕切っておるは　わしこそなるぞ
わしも名告るぞ　名前も家も
（お前も名告れ　名前と家を）

―雄略天皇《ゆうりやくてんのう》―（巻一・一）

・春の野に出て、菜を摘む娘
・そこへ天皇　お出掛け召され
　娘に声掛け　名前を聞くよ
・名前聞くのは　これプロポーズ
・答えてしまえば　「承知」となるが
・答えないのが　恋愛ルール
・それで男は　ますます燃える

海石榴市《つばいち》の
歌垣《うたがき》場所で　出逢《でお》ぅた児
あんた名前は　何《なん》ちゅうのんや

―作者不明―（巻十二・三一〇一）

お母《か》はんが
呼ぶうちの名を　言《ゆ》ても良《え》が
ところであんた　何処《どこ》の誰やん

―作者不明―（巻十二・三一〇二）

・季節々々に　行う行事
・男女出会いの　合コンなのか
・海石榴市《つばいち》そこは　集いの場所ぞ
・男女集まり　歌詠《よ》み交わす
・男がまずに　名前を聞くが
・女それには　答えず拒《こば》む
・それで男は　焦《あせ》って燃える

【桜井市金屋の石碑】

初瀬国《はつせくに》
妻問《つまど》い来《き》てる　王《おう》さんよ
お母《か》ぁ奥床《おくどこ》　寝ておるで
お父戸口《とうとぐち》で　寝とるがな
起き出《だ》そしたら　お母《か》知るで
出て行こしたら　お父《と》分かる
だんだん空が　明《あ》こぅなる
どもならんのか　えぇいもう
何ともならん　内緒《ないしょ》の妻《つま》や

―作者不明―（巻十三・三三一二）

・恋いて焦がれて　男は通う
・出て行きたいが、皆《みんな》に知れる

・万葉時代は、嫁入りではなく、男が通《かよ》って恋を実らせ、結婚後も女は実家に住まい、男は通い続ける
・女が、家の生産力の中心であり、実家が手放さないのだ
・「母は奥床、父は戸口」と、寝床をみても、女が大切にされているのが分かる

初瀬国《はつせくに》
あの児居《お》るんで　わし来《き》たで
石道《いしみち》やけど　わし来《き》たんやで

―作者不明―（巻十三・三三一一）

【初瀬の朝倉宮址伝承地
から見る大和三山地方】

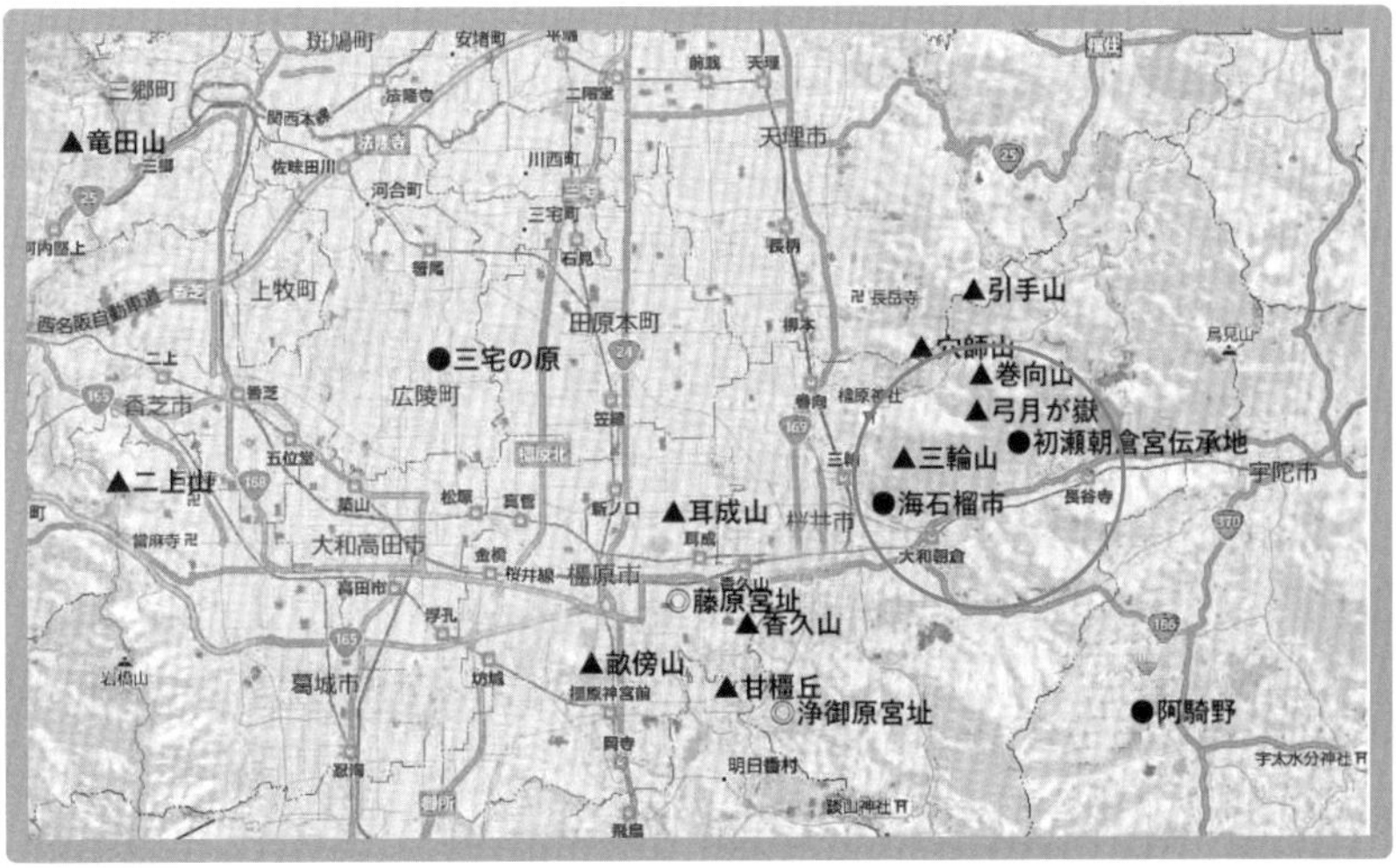

浜木綿《はまゆう》の
葉ぁ幾重《いっぱい》に　茂ってる
思いも相《そ》やが　よぅ逢《あ》い行かん

—柿本人麻呂《かきのもとのひとまろ》—（巻四・四九六）

・恋しい思い　次々募《つの》る
逢《あ》いに出向けば　皆《みんな》に知れる
思い重なり　胸裂けそうや

母《かあ》ちゃんの
手元離れて　うちこんな
遣《や》る瀬《せ》ない気ぃ　もぅ初めてや

—柿本人麻呂《かきのもとのひとまろ》歌集—（巻十一・二三六八）

・これが恋かな　うち初めてや
お母《か》にも言えん　内緒の恋や
「切ない」言うは　この気のことか

【孔島《くしま》の浜木綿・新宮市三輪崎】

み熊野の
浦の浜木綿《はまゆう》 百重《ももえ》なす
心は思《も》えど 直《ただ》に逢わぬかも

【新宮市孔島の「浦の浜木綿」の歌碑】

恋苦《くる》しいて　こんな痩《や》せたで
　ちらと見て
去《い》かして仕舞《しも》た　あの児の所為《せい》で

――柿本人麻呂歌集《かきのもとのひとまろ》――（巻十一・二三九四）

直逢《じかあ》えん
　せめて夢でも　その顔を
見せて呉《く》れんか　わし恋いしいぞ

――柿本人麻呂歌集《かきのもとのひとまろ》――（巻十二・二八五〇）

・恋は突然　この胸に降る
一目惚れとは　このことなのか
思い嵩《こう》じて　この身は痩せる

・逢《あ》えないあの子の　姿が見たい
せめて夢でも　出てきて欲しい

可愛《かい》らしと　思てるお前　夢に見て
手探《てさぐ》りしたが　空《むな》しで空《から》や

―作者不明―（巻十二・二九一四）

・出た出た夢に　あの子が出たよ
今だと思い　抱き付きみたが
ええいもうくそ　自分の腕や

恋しぃて　堪《たま》らんよって
夢見よと　思て寝たけど　眠《ね》られはせんが

―柿本人麻呂歌集《かきのもとのひとまろかしゅう》―（巻十一・二四一二）

・せめて夢でも　思ぅたけれど
恋し恋しで　この目が冴える

母《かか》が飼《か》う
蚕《かいこ》は繭《まゆ》に　籠《こも》りする
籠りする児に　どしたら逢《あ》える

――柿本人麻呂歌集《かきのもとのひとまろかしゅう》――（巻十一・二四九五）

・お母《かあ》の監視　酷《え》ろ厳しゅうて
逢《あ》いに行っても　あの児に逢《あ》えん
誘い出すには　どしたら良《え》んや

がっしりの
板戸バァンと　押し開けて
出て来《こ》い後《あと》は　どうでもなるで

――作者不明――（巻十一・二五一七）

・思案をしたが　良《え》ぇ策はない
えぇいバレても　もうしょうないわ
お前出てこい　何《な》もかも捨てて

うちちょっと

百合花《ゆりばな》みたい　微笑《わろ》たけど

その気なりなや　あつかましいに

——古歌集——（巻七・一二五七）

・女　気を引き　にこりと笑う
それ見た男　「惚れたか」思い
その気になって　近付き寄るが
女はあしらう　つっけんどんに

道の辺《べ》の
草深百合《くさふかゆり》の　花笑《え》みに
笑《え》みしが不拘《から》に　妻と言うべしや

【福岡県桂川町王塚装飾古墳館前の歌碑】

葛城山《かつらぎ》に　雲立ってるよ
立座《たちすわ》り　何を為《し》てても　お前が浮かぶ

―柿本人麻呂《かきのもとのひとまろ》歌集―（巻十一・二四五三）

・あぁ堪《たま》らんで　逢《あ》いたい見たい
座っとっても　ただ立ってても
目に浮かぶんは　お前の顔や
※本文…春柳《はるやなぎ》　葛山《かつらきやまに》　立雲《たつくもの》
立座《たちてもいても》　妹思《いもをしぞおもう》

立ってても
座っとっても　目ぇ浮かぶ
赤い裳裾《すそ》引く　あの後姿《あとすがた》

―作者不明―（巻十一・二五五〇）

・後ろ向きやが　あの児やあの児
赤いスカート　目に焼き付いて
居ても立っても　辛抱できん

顔色に
出《で》て焦《こ》がれたら　知れて仕舞《ま》う
心で思う　内緒《ないしょ》の児やで

—作者不明—（巻十一・二五六六）

・顔に出したら　皆《みんな》にバレる
ひとりこの胸　こっそり仕舞う
誰にも言えん　秘密の児ぉや

遠目《とおめ》でも
あんたの姿　見られたら
焦《こ》がれ止《や》むのに　死なんで居《い》たら

—作者不明—（巻十二・二八八三）

・もう死にそうや　この片思い
せめて見たいな　あんたの姿
遠くからでも　構《かま》へんからに

ちらと見た
あの児姿に　惚《ほ》れて仕舞《も》て
朝影《あさかげ》みたい　痩《や》せて仕舞《しも》たで

―作者不明―（巻十二・三〇八五）

・一目見た児に　焦がれて仕舞《しも》て
飯《めし》も食《く》えんで　寝も出けへんで
細《ほそ》うて長い　朝影やワシ

日暮れ置き
朝来た消える　白露《つゆ》みたい
身ィ消える様《よ》な　恋するかわし

―作者不明―（巻十二・三〇三九）

・つれないあの児に　恋して焦がれ
ひとり悶々《もんもん》　苦しい日々や
死ぬ他ないか　このワシはもう

うちの恋　鎮《しず》まるのんは
大空に
照る月消えて　無《の》ぅなる日やで

――作者不明――（巻十二・三〇〇四）

お母《かか》ぁ飼《か》う
蚕繭隠《かいこごも》りに　引き籠《こ》もり
鬱陶《うっと》しこっちゃ　あの児逢《あ》えんで

――作者不明――（巻十二・二九九一）

・この恋　なんで鎮《しず》まらんのや
毎月　毎日　空照る月が
消えてなくなる　ことないけれど
月消えるまで　焦がれんかうち

・あの児のお母《かあ》　邪魔しくさって
逢《あ》えん日続き　うっとしこっちゃ
蚕《かいこ》が殻を　破って出る様《よ》
出て来《こ》れんのか　お母《かあ》を騙《だま》し

この国に
なんであんたは　一人やん
多数《ようけ》居《お》ったら　嘆かへんのに

——作者不明——（巻十三・三二四九）

・思い込んだは　あの人ひとり
他に代わりは　誰居るもんか
なのにあの人　見向きもせんわ

大通り
人仰山《ぎょうさん》に　通るけど
うちが思うん　あの人一人

——柿本人麻呂《かきのもとのひとまろ》歌集——（巻十一・二三八二）

・こんな大勢　人居るのんに
うちが惚れたん　あの人ひとり
大切大切《だいじだいじ》に　胸収めとこ

雷が
鳴って曇って　雨降《ふ》らんかな
そしたらあんた　居《い》てくれるのに

――柿本人麻呂《かきのもとのひとまろ》歌集――（巻十一・二五一三）

雷が
鳴って雨なぞ　降らんでも
わしまだ居《お》るで　居《お》ってと言《ゆ》なら

――柿本人麻呂《かきのもとのひとまろ》歌集――（巻十一・二五一四）

・あぁあもうすぐ　この夜が明ける
明けたらあんた　もう帰るんで
雷鳴って　雨々降れよ
せめて居て欲し　雨止むまでは

・ワシもこのまま　ここ居たいんで
雷なんか　何《な》も鳴らんでも
雨なんかかて　降らへんかても
居てほしいなら　ワシまだ居るで

広い三宅《みやけ》の　原の中
地《じ》べた裸足《はだし》で　通り抜け
夏草分けて　難儀《なんぎ》して
お前必死に　通《かよ》うんは
何処《どこ》の何方《どなた》の　児ぉかなと
聞くん仕様《しょう》ない　お母《か》知らん
聞くん尤《もっと》も　お父《と》知らん

わしのあの児と　云《ゆ》うのんは
黒々光る　黒髪《くろかみ》に
アザサ（花ジュンサイ）を木綿《ゆう》で　結《ゆ》わえ付《つ》け
大和《やまと》の黄楊《つげ》の　櫛挿《くしさ》した
可愛《かわ》い児《こ》なんや　わし通《かよ》てんは

―作者不明―（巻十三・三二九五）

・夏の暑いも　構《かま》わんと
沓《くつ》も履かんと　出かけ行く
お前は　恋に　狂《くる》たんか
どこのどなたに　惚れたんや

・お母《かあ》もお父《とう》も　知らんやろ
わしが必死で　通《かよ》うんは
髪をきれいに　飾り付け
黄楊櫛《つげくし》挿した　児ぉなんや

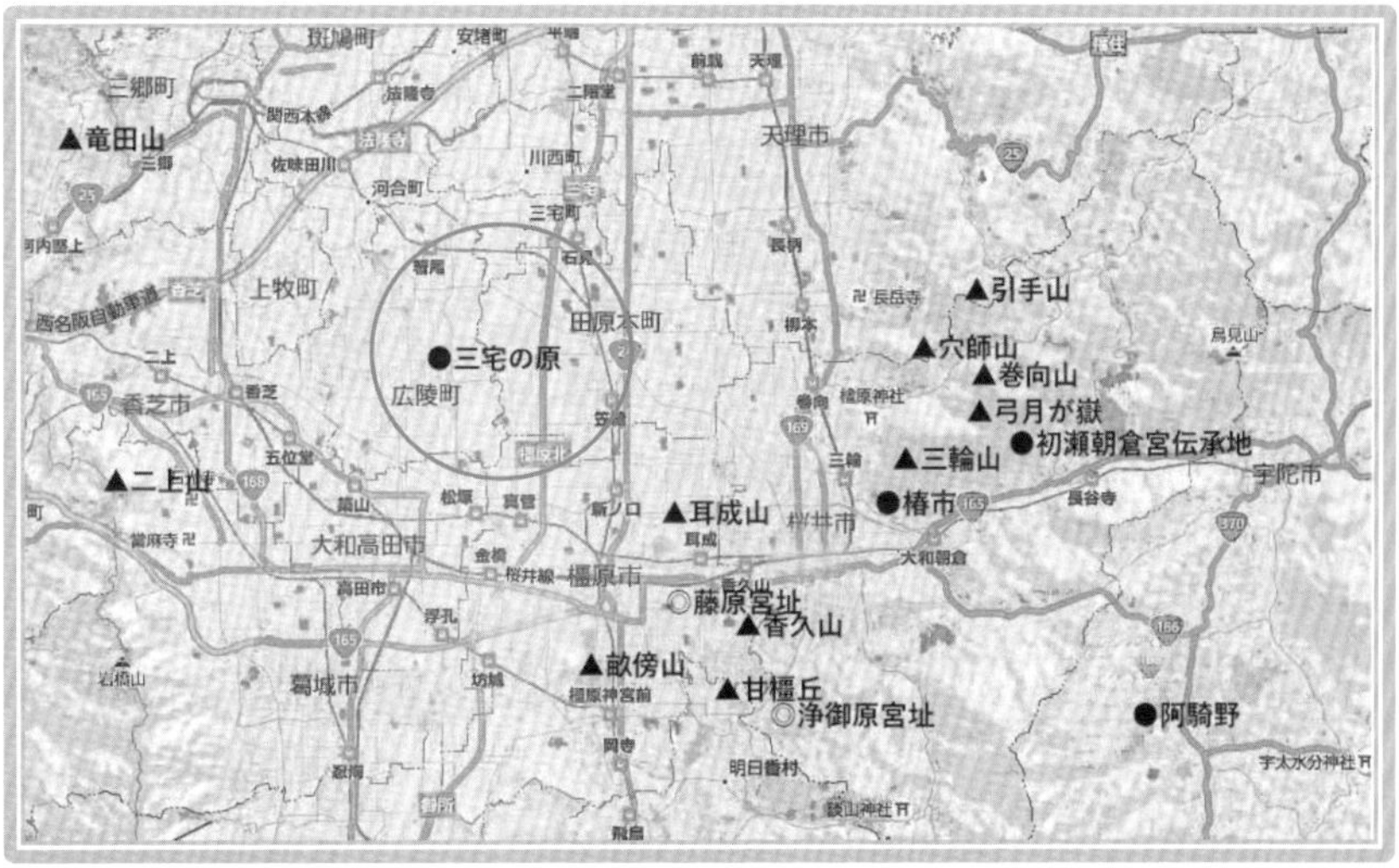

父母《ととかか》に
言《ゆ》て無い児へと　暑い道
草かき分けて　難儀《なぎ》して来《く》んや

―作者不明―（巻十三・三二九六）

【三宅町の広がる野原】

【「三宅の原」の歌碑】

うち日射す　三宅《みやけ》の原ゆ
直土《ひたつち》に　足踏み貫《ぬ》き
夏草を　腰に難渋《なず》み
如何《いか》なるや　人の子故《ゆえ》ぞ
通《かよ》わすも我子《あご》
諾《うべ》な諾《うべ》な　母は知らじ
諾《うべ》な諾《うべ》な　父は知らじ
蜷《みな》の腸《わた》　か黒き髪に
真木綿《まゆう》以《も》ち　あざさ結《ゆ》い垂《た》れ
大和《やまと》の　黄楊《つげ》の小櫛《おぐし》を
押《おさ》え挿《さ》す　心麗《うなぐわ》し児
それぞ我が妻

反歌

父母《ちちはは》に　知らせぬ子故《ゆえ》
三宅道《みやけじ》の
夏野《なつの》の草を　難渋《なず》み来《く》るかも

もの思わんと　道を来て
青い山見て　振り向くと
つつじ綺麗《きれえ》や　お前の様《よ》
桜美《うつく》し　お前の様《よ》
ワシに似合《にあ》いや　皆が言《ゆ》う
お前に似合《にあ》いて　皆《みんな》言《ゆ》う
噂《うわさ》をしたら　荒山《やま》かても
その気なる言《ゆ》う　気《き》ぃ付けや
（他人《たにん》と噂《うわさ》　されん様《よ》に）

―作者不明―（巻十三・三三〇五）

分《わ》かってる
そやからうちは　長いこと
お河童髪《かっぱがみ》の　少女《こども》から
橘《たちばな》枝《えだ》の　背丈《せたけ》まで
じっと心に　抱《だ》いたまま
あんたの心　待っとったんや

―作者不明―（巻十三・三三〇七）

・お前ばかりを　思いつつ
山道来たら　目の前に
つつじの花や　桜花
ぱっと見えたん　美して
重なったんや　お前にと
・「良《え》ぇカップルと」　皆言うが
他の男に　気許すな
噂になったら　取り込まれるぞ
――――――――
・おおきにうちも　昔から
あんたのことが　好きやった
「待った甲斐ある　おおきにや」

【山梨市万力（万力公園万葉の森）の歌碑】

わし貰《も》ろた
安見児《やすみこ》貰《も》ろた　誰も皆《みな》
欲《ほ》しい思《おも》てた　安見児《やすみこ》貰ろた

―藤原鎌足《ふじわらのかまたり》―（巻二・九五）

・あの堅物《かたぶつ》の　鎌足《かまたり》さんが
こんな喜ぶ　歌をば詠《うた》う
よっぽど　嬉しかったんやろな
※安見児《やすみこ》は女官で、男子との交際を禁じら
れていた

夕闇《ゆうやみ》は　道危《あぶ》ないで
月の出《で》を
待ったら良《え》やん　それまで居《お》って

―豊前國娘子大宅女《ぶぜんのくにのおとめおおやけめ》―（巻四・七〇九）

・おんな心の　優しさ込めて
帰る男を　気遣い留《と》める
月よ出るなよ　まだまだ出るな

檜隈《ひのくま》の
川の瀬早い　そやからて
手ぇ繋《つな》いだら　噂《うわさ》なるかな

―作者不明―（巻七・一一〇九）

【檜隈川】

さ檜隈《ひのくま》
檜隈《ひのくま》川の　瀬を早み
君が手取らば　噂《こと》寄せんかも

【明日香村下平田休憩園地の歌碑】

あっすだれ
揺れた思《おも》たら　風やんか
あんまりうちが　焦がれるよって

—額田王《ぬかたのおおきみ》—（巻四・四八八）

君待つと　我《あ》が恋い居《お》れば
わがやどの
簾《すだれ》動かし　秋の風吹く

【東近江市八日市本町の市神神社にある歌碑】

恋の草
大《お》っき荷車《にぐるま》　七台《ななだい》に
積《つ》むほど苦し　惚《ほ》れたが為《ため》に

――廣河女王《ひろかわのおおきみ》――（巻四・六九四）

眉掻《まゆか》いて
くしゃみ帯解《と》け　待っとるか
何時《いつ》行けるかと　苦悩《くる》しむわしを

――柿本人麻呂歌集《かきのもとのひとまろかしゅう》――（巻十一・二四〇八）

・刈っても生《は》える　この恋の草
溜《た》まり溜《た》まって　積むほどまでも
誰の所為《せい》かな　惚れたんうちや

・くしゃみ　帯解け　眉痒《かゆ》い　皆《みな》
人に逢《あ》えるの　前兆なんや
そやにこのワシ　忙しのんで
行くに行かれん　苦しいこっちゃ

紛《まぎ》らわす　ことも出来《でき》んで
苦しいに
焦《こ》がれ続くか　日増《ひま》し日増《ひま》しに

―作者不明―（巻十一・二五九六）

朝乱《みだ》れ髪《がみ》　うち梳《す》かんとく
大好きな
あんた触《さわ》った　髪なんやから

―作者不明―（巻十一・二五七八）

・寝ても醒《さ》めても　あの児が浮かぶ
何をしてても　あの顔浮かぶ
だんだん恋しさ　募ってくるよ
だんだん苦しさ　募ってくるよ

・朝の寝乱れ　この髪こそは
あんたと一夜　過ごした証拠《あかし》
なぜに梳《す》くなど　出来ようものか
あぁ思い出す　あの手の具合

布留川《ふるかわ》に　架かる高橋《たかはし》　背伸びして
あの児待つ間に　夜《よ》ぉ更《ふ》けて仕舞《も》た

―作者不明―　（巻十二・二九九七）

【天理市の布留川に架かる高橋】

燃《も》やしたりたい　ぼろ小屋で
腐《くさ》れ放《ほ》りたい　薦《こも》敷いて
へし折ったりたい　汚《よご》れた手
交《か》わし共寝《ね》くさる　あんたやに
昼は日中中《ひなかじゅ》　夜《よる》は夜《よ》で
床《とこ》がぎしぎし　軋《きし》むほど
身悶《みもだ》えさして　嘆いとるんや

―作者不明―（巻十三・三二七〇）

・恋に狂うた　女の心
・相手浮気に　胸まで裂ける
・（いまごろ二人　何してるか）と
　思えば腹が　煮えくり返り
　むらむら燃える　嫉妬の炎
・（えぇいもうくそ　悔しい限り）

嫉妬《しっと》して　心焼《や》くんも　うちやけど
あんたに焦《こ》がれる　それかてうちや

―作者不明―（巻十三・三二七一）

・（でもでもこんな　やきもち焼くは
ほんまにあんた　好きなんやから）

直向《ひたむ》きな　一途《いちず》な恋で　結ぶ帯
三重《みえ》になるほど　痩《や》せて仕舞《しも》たで

―作者不明―（巻十三・三二七三）

・焦がれ続けて　この身は痩せる
結ぶこの帯　ぐるぐる巻きや

・美空ひばりの　『みだれ髪』
「春は二重に　巻いた帯
三重に巻いても　余《あま》る秋」
これはこの歌　ヒントにしたか

第三章　七夕の歌

天《てん》海《うみ》や
雲は波やで　月《つき》舟《ふね》や
星《ほし》林《はやし》やで　漕《こ》ぐんが見える

―柿本人麻呂《かきのもとのひとまろ》歌集―（巻七・一〇六八）

・仰ぎ見る夜の　あの空の上
・まるで大海《おおうみ》　たゆたうようや
・懸《か》かるあの雲　寄せ来る波か
・ゆっくり動く　あの月まるで
星の林を　漕《こ》ぎ行く船や

川の上　橋渡したれ
織姫《おりひめ》が
渡れる様《よう》に　橋渡したれ

―作者不明―（巻十・二〇八一）

・空が曇れば　行先見えぬ
まして雨降りゃ　川水溢《あふ》れ
年に一度の　逢瀬《おうせ》が失《う》せる
橋があったら　渡れるのにな

袖振るん　見えてるやんか
それそこに
なんで渡れん　七夕違《あきちゃ》うからか

――山上憶良《やまのうえのおくら》――（巻八・一五二五）

待ちに待つ　秋萩咲いた
もう直《じき》に
逢《あ》いに行けるで　川向《む》こうの人に

――柿本人麻呂《かきのもとのひとまろ》歌集――（巻十・二〇一四）

・川を隔てて　その向こ　そこに
愛《いと》しあの人　見えとるいうに
逢《あ》えるん七夕　その日ぃだけや

・年に一度の　七夕近い
長《なご》ぅ待ったで　一年間も
もう直《す》ぐなんや　うち逢《あ》えるんは

彦星と
織姫《おりひめ》さんが　逢《あ》う今夜《こよい》
天《あま》の渡し場　波荒れんとき

――作者不明――（巻十・二〇四〇）

・さぁさ来た来た　七夕の夜
せめて風など　吹き荒れるなよ
海が荒れたら　二人は逢《あ》えん

彦星の
迎えの舟が　出たんやな
天《あま》の川原《かわら》に　霧出てるがな

――山上憶良《やまのうえのおくら》――（巻八・一五二七）

・霧が出てるで　あの霧こそは
船漕《こ》ぐ波の　飛沫《しぶき》やきっと
もうすぐ逢《あ》える　後もうちょっと

逢《あ》える時
ひたすら待った　向《む》こ岸の
天《あま》の川原で　来《く》る日来《く》る日を

―作者不明―（巻十・二〇九三）

一年《いちねん》に
七夕《きょう》の夜《よる》しか　逢《あ》えん人
思尽《つ》くせんままに　夜《よる》更けてくで

―柿本人麻呂《かきのもとのひとまろ》歌集―（巻十・二〇三二）

・待った待ったで　ひたすら待った
河原に出ては　向こ岸眺め
待った甲斐ある　今晩《きょう》逢《あ》えるんや

・やっと逢《あ》えたな　愛《いと》しいあんた
一夜限りの　逢瀬《おうせ》や言うに
なんでこの夜　どんどん過ぎる

幾月《いくつき》も
待ち焦《こ》がれして　逢《お》うた夜《よ》や
せめて七晩《ななばん》　続かんもんか

――作者不明――（巻十・二〇五七）

・一年待って　一晩だけか
神さん意地悪　うち恨んだる
なんで七晩　くれへんのんや

逢《あ》わへんの　長かったのに
また川を
隔《へだ》て別れて　恋焦《こい》続けんか

――作者不明――（巻十・二〇三八）

・あぁ夜《よ》が明ける　別れの時や
長《な》ご待ったのに　ちょと間だけや
また待つのんか　この一年を

第四章　季節の歌

梅花《うめはな》に
降り覆《おお》う雪　見せたろと
手取《と》ろとしたけど　次々消える

――作者不明――（巻十・一八三三）

・春はまだまだ　寒いんやけど
寒さの中で　咲く梅の花
その花の上　積もった雪を
あの児に見せたい　思たが消える

香久山《かぐやま》に
春の夕方　今まさに
霞靡《なび》いて　春来てるんや

――柿本人麻呂《かきのもとのひとまろ》歌集――（巻十・一八一二）

・寒い中でも　温《ぬく》さが増して
雲やら霧に　お陽《ひ》さん当たり
霞んでるがな　あぁもう春や

【飛鳥浄御《きよみ》原宮址から見る香久山】

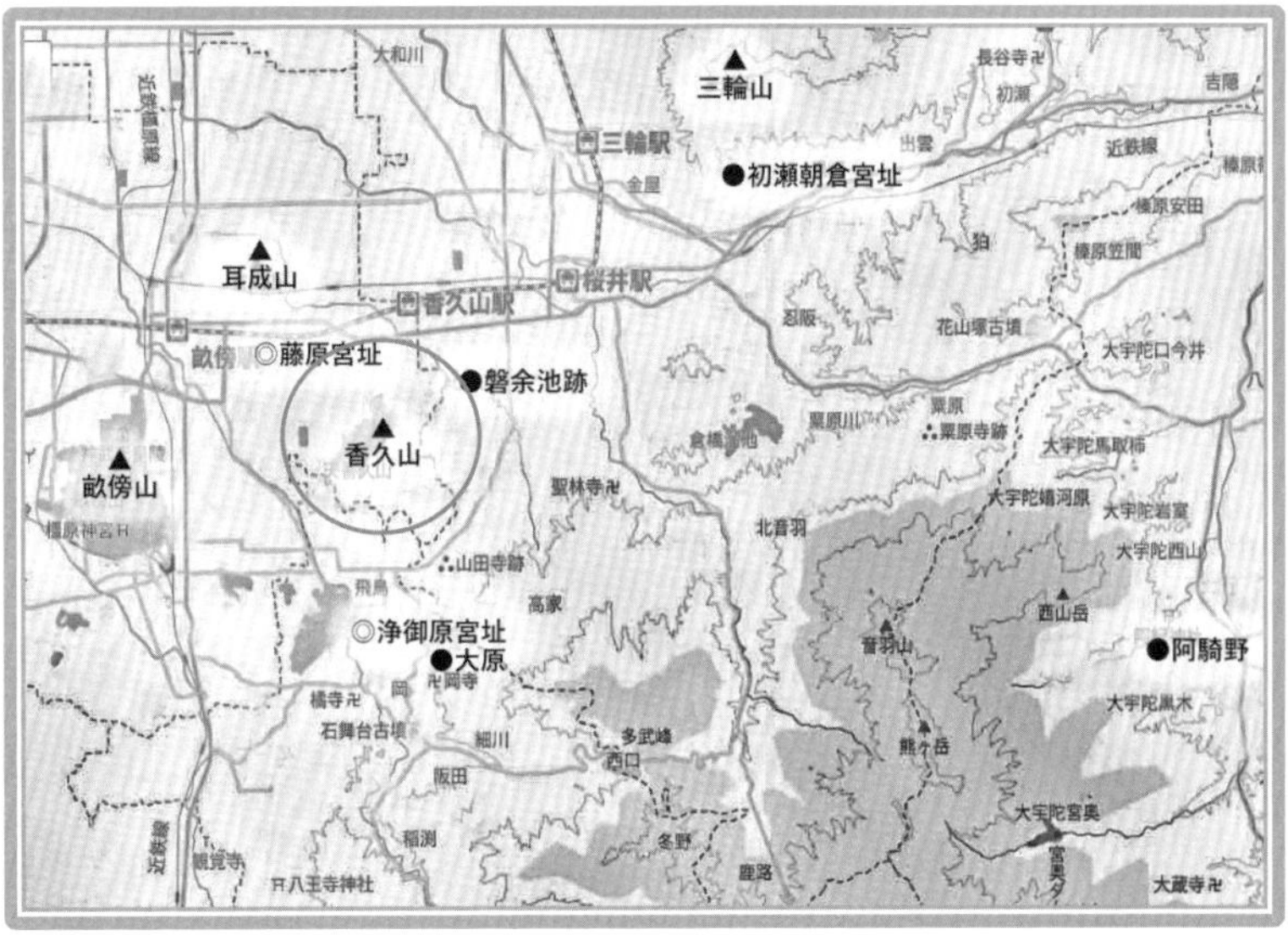

蕨《わらび》の芽《め》
渓流《ながれ》の水の　岩陰で
見たで見つけた　春や　春来た

――志貴皇子《しきのみこ》――（巻八・一四一八）

・志貴皇子《しきのみこ》は、歌作りに励んでいた
・天智《てんち》天皇の皇子として生まれたが、壬申《じんしん》の乱によって、世は天武《てんむ》天皇の時代に
・（生きていくためには、出世など望まず、そっと過ごすのが良いのだ）
・（それには歌修行が良い）

――――――

・志貴皇子《みこ》は、早春の山道を行く
・道に沿って流れる渓流
・「おぉっ、蕨《わらび》の芽だ。お前も陰でおるのか。そのままそっと咲くが良い、そのうちに良きことも・・・」

――――――

・後に志貴皇子《しきのみこ》の子が光仁《こうにん》天皇となり、平安朝へと繋《つな》がる

石《いわ》ばしる
垂水《たるみ》の上の
さわらびの
萌え出《い》づる春に
なりにけるかも

【横浜市西区伊勢山皇大神宮「石走る」の歌碑】

門先《もんさき》の　柳の枝で
鶯の
鳴き声しとる　春来《き》たらしな

―作者不明―（巻十・一八一九）

・春が来たなら　柳も芽吹く
そこに鶯　来て枝止まり
鳴いておるがな　あぁ春なんや

冬去《い》って
春が来たんで　鶯が
山でも野でも　囀《さえず》り鳴くよ

―作者不明―（巻十・一八二四）

・あちらこちらで　鶯鳴くよ
鶯お前も　喜んどるか
冬が終わって　春来てるんや

春の野に
菫《すみれ》を摘《つ》みに　来たんやが
気分良《え》えんで　泊って仕舞《しも》た
――山部赤人《やまべのあかひと》――（巻八・一四二四）

・春はぽかぽか　陽気の季節
さぁさ野に出て　春味わおぅ
すみれ絨毯《じゅうたん》　布団《ふとん》に良いぞ

春花《はるはな》の
咲くん思《おも》ぅて　偲《しの》ぼうや
巨勢山椿《こせやまつばき》　連《つら》なり咲くん
――坂門人足《さかとのひとたり》――（巻一・五四）

・椿の名所　巨勢山《こせやま》行くが
通るは秋で　花など見えぬ
あぁもう一度　春ここ来たい
咲く花思い　せめても偲《しの》ぼ

香久山に
白い衣《ころも》が　干《ほ》したぁある
あぁ春去《い》って　夏来《き》たんやな

―持統天皇《じとうてんのう》―（巻一・二八）

・願い続けた　藤原の宮
やっと出来たぞ　完成したぞ
・眺め見えるは　広々景色
・若葉の風が　吹き抜け通る
・白ぃろい布が　緑の山に
・あぁ爽やかな　夏来た　夏が

この時に
声嗄《か》らすほど　鳴かんかい
あほ霍公鳥《ほととぎす》　仕様《しょう》ないやっちゃ

―作者不明―（巻十・一九五一）

・夏が来たなら　あのホトトギス
その声聞くん　楽しみなんや
今年はまだや　声聞いてない
何しとるんや　夏来てるのに

霍公鳥《ほととぎす》　何時《いつ》も良《え》ぇが
菖蒲草《あやめぐさ》
縵《かずら》にする日　ここ来《こ》い鳴きに

―作者不明―（巻十・一九五五）

・夏が来た来た　これホトトギス
今 鳴かへんで　何時《いつ》鳴くんかい
何時《いっ》聞いたかて　声良《え》ぇけども
今 鳴かへんと　値打ちはないぞ
※菖蒲《あやめ》を 鬘《かずら》にする日＝端午《たんご》の節句の日

霍公鳥《ほととぎす》
花橘《はなたちばな》の　枝止《と》まり
鳴《な》き頻《しき》るんで　花散りよるで

―作者不明―（巻十・一九五〇）

・夏になったら　咲く橘《たちばな》は
可憐な花が　値打ちやのんに
なんで散らすか　こらホトトギス

鶯の　卵に混《ま》じり　ほととぎす
生まれてみたが　独りぼち
鳴き声父に　似て居《お》らん
母の声にも　似とらせん
卯《う》の花咲いた　野原越え
飛び来て声を　響かして
鳴いて　橘《たちばな》　花《はな》散らす

一日　聞いても　飽きはせん
礼をするから　行かんとに
家《うち》の庭での　花橘《たちばな》に
住んでそのまま　居ってんか

―高橋蟲麻呂歌集《たかはしのむしまろ》―（巻九・一七五五）

霧雨《きりさめ》の　降る夜《よ》に鳴いて
飛んでった
わしに良《よ》ぅ似た　あのほととぎす

―高橋蟲麻呂《たかはしのむしまろ》歌集―（巻九・一七五六）

・他鳥《よそ》の巣中《すなか》に　生まれ来て
傍《そば》の親とは　違う声
ほんまの親は　何処《どこ》かいな
ひとりぼっちの　ホトトギス
こんな哀れな　ホトトギス
ワシも寂しい　独《ひと》り者
一緒にここに　住んでんか
そぅ思ぅたに　行くのんか
やっぱり独《ひと》りが　良《え》ぇのんか

蜩《ひぐらし》は
鳴き時今《どき》と　鳴くけども
片恋《かたこい》のうち　泣き通《どお》しやで

—作者不明—（巻十・一九八二）

高野原《たかのはら》
今も床しが　秋来たら
連れ呼び鹿が　鳴くんやここで

—長皇子《ながのみこ》—（巻一・八四）

・夏も終わりや　秋もうそこや
カナカナカナと　鳴くヒグラシよ
夏が行くのが　悲しいのんか
このうち、ずっと　悲しいままや

・長皇子《ながのみこ》は、志貴皇子《しきのみこ》を迎えた
・宴《うたげ》の果てた後、長皇子《ながのみこ》は言う
「ここ佐紀《さき》の宮に近い高野原《たかのはら》
景色が良くて　風情がある
秋には、その趣きはもっと深まる
またのお越しを楽しみにお待ちし
ています」

朝露で
色付《づ》き出した　秋の山
今のまま居《お》れ　時雨《しぐれ》よ降るな

――柿本人麻呂《かきのもとのひとまろ》歌集――（巻十・二一七九）

雄鹿《おすしか》の
心の妻の　秋萩を
時雨《しぐれ》散らすん　惜《お》しいてならん

――柿本人麻呂《かきのもとのひとまろ》歌集――（巻十・二〇九四）

・あぁ秋萩が　色づきだした
朝降《お》りる露　染めたんやろか
見続けいたい　萩花やから
時雨《しぐれ》よ降るな　花散らすなよ

・雄鹿《おじか》の妻の　あの秋萩が
時雨《しぐれ》に会って　花散ってゆく
鹿と同じに　この我れさえも
萩の散るのは　あぁ惜しいがな

白露《しらつゆ》を　玉の様《よ》見せる
九月《くがつ》照る
夜明《よあ》けの月は　得も言《い》われんわ

―作者不明―（巻十・二二二九）

明日《あした》照る
分《ぶん》まで今夜《こんや》　照ってんか
今日の良《え》ぇ月　長《な》ご見たいんで

―作者不明―（巻七・一〇七二）

・冷えが進めは　白露《しらつゆ》置いて
空も冴え冴え　キリリと澄んで
夜明けの月も　くっきり見える

・夜空に浮かぶ　この今日の月
明るう照って　うっとりするよ
もっと照れ照れ　明日《あした》の分も

気遣《きづか》いの　出来《でき》ん秋月《つき》やな
物思《ものも》いで
寝付《ねつ》けん時に　明々明《あかあかあ》かと

—作者不明—（巻十・二二二六）

お前ちゃん　衣《ふく》やったらな
秋風が
寒い今頃　肌着《つ》けるのに

—作者不明—（巻十・二二六〇）

・明々《あかあか》月の　光が差すよ
思いに沈み　寝られはせんに
ひとり機嫌良《よ》　照りくさるがな

・秋風寒い　この身に沁みる
衣《ふく》を被《かぶ》るが　まだまだ寒い
あの児抱けたら　あぁ良《え》ぇのにな

鴨の背に
霜降《お》りてるで　寒むそうや
しみじみ大和《やまと》　恋しいこっちゃ

――志貴皇子《しきのみこ》――（巻一・六四）

・難波《なにわ》の行幸《みゆき》　晩秋なので
長く続いて　寒さが増すよ
鴨の背中に　霜乗っておる
あぁ帰りたや　大和《やまと》の家へ

降り掛《かか》る
霰《あられ》を袖に　包み持ち
消さんとからに　お前に見せよ

――柿本人麻呂歌集《かきのもとのひとまろ》――（巻十・二三一二）

・おぉ珍しい　霰《あられ》が降るよ
あの児に見せたい　この霰《あられ》をば
そっと包んで　消えへんままで

沫雪《あわゆき》よ　今日《きょう》は降《ふ》りなや
この袖を
干《ほ》して枕為《す》　人居《お》らんのに

──作者不明──（巻十・二三二一）

・旅に出たなら　独《ひと》りで寝るよ
雪よ降るなよ　衣濡《ふく》れたかて
抱いて乾かす　お前はおらん

あの人が
今に来るかと　出てみたら
沫雪《あわゆき》庭に　うっすらやんか

──作者不明──（巻十・二三二三）

・今か今かと　待ちくたびれて
早く来んかと　外出てみたら
淡雪積り　もう来んのかな

第五章　花の歌

梅花《うめはな》の宴《うたげ》　まえがき

今日は　天平二年での
　ほんに正月　十三日
帥《そち》の旅人《たびと》の　屋敷にて
　皆が集まり　宴会を
丁度初春《しょしゅん》の　良い月で
　空気は澄んで　風静か
梅は鏡を　見る美女の
　白粉《おしろい》みたい　白く咲き
香り漂う　良き匂い
　匂い袋に　付く香り

それに加えて　またさらに
夜明けの峰に　雲動き
薄絹雲《うすぎぬくも》が　掛かる松
　まるで天蓋《てんかさ》　掛けた様《よう》
夕べ山洞《やまほら》（山のくぼみ）　霧が湧き
　鳥その霧に　囲まれて
　林の中で　迷ってる

生まれた蝶が　庭に舞い
去年来た雁　帰る空
天を蓋《かさ》にし　地を座敷
膝を交《まじ》えて　酒呑《の》めば
皆々議論　忘れてに
雲や霞に　気さえ晴れ
自然と心　打ち解けて
良い気分なり　満足す

あぁこの気持ち　文章で
書かずに済ます　こと出来ぬ
漢詩に散梅《うめ》の　歌がある
今も昔と　変わらぬぞ
さぁこの梅を　題材に
和歌《うた》を詠《よ》もうぞ　皆《みんな》して

―大伴旅人《おおとものたびと》―　（巻五・梅花の歌三二首前文）

正月の　新春来たぞ
今日の日を
梅呼び賞美《ほめ》て　楽しに過ごそ

―大弐《だいに》紀卿《きのまえつきみ》―（巻五・八一五）

春来たら　最初《さき》咲く梅花《はな》を
独《ひと》りして
見て春日《いちにち》を　暮らすんかいな

―山上憶良《やまのうえのおくら》―（巻五・八一八）

・「花」と言うのは　万葉集で
これの一番「梅」にて決まり
なんとその数　150首も
これは　唐から伝わった木で
教養人が　競って植えた
――――――
・大宰《だざい》の帥《そち》の　大伴旅人《おおともたびと》
筑紫《つくし》（九州）任務の　役人集め
新春開く　梅見の宴《うたげ》
これ新元号の　令和の出所《でどこ》
――――――
『丁度初春《しょしゅん》の　良い月で
空気は澄んで　風静か』
＝初春**令**月、気淑風**和**

春来《さ》れば
まず咲くやどの　梅の花
独《ひと》り見つつや　春日《はるひ》暮さん

【嘉麻市稲築町鴨生（鴨生公園）にある歌碑】

梅花と　柳一緒に
髪挿《さ》して
飲んで酔ぅたら　散っても良《え》ぇで

—沙弥満誓《さみのまんせい》—（巻五・八二一）

梅の花
空に舞う様《よ》に　散って来る
天から雪が　降り来《き》よるんか

—大伴旅人《おおとものたびと》—（巻五・八二二）

・沙弥満誓《さみのまんせい》　坊主やけども
女も好きで　酒これも好き
歌を詠《うた》えば　またまた酒が

・梅が散る散る　ひらひらひらと
まるで天から　雪降るようや
梅よ散れ散れ　雪積もる様《よ》に

【大宰府の梅・大宰府庁横の観世音寺の北にて】

竜田の山の　激流《ながれ》の上の
小鞍《おぐら》の桜　見頃や云《ゆ》うに
山が高《たこ》ぅて　風止まへんで
春雨ずっと　降り続いたで
上の花びら　早や散ったけど
下に残った　花びらせめて
今もぅ一寸《ちょっと》　散らんで居《お》りや
帰る日宇合卿《あんた》　ここ通るまで

―高橋蟲麻呂《たかはしのむしまろ》歌集―（巻九・一七四七）

・「梅」が一番　多くはあるが
「桜」の花も　90首ある
ここでの桜　江戸時代にて
交配重ね　作られたるの
ソメイヨシノに　これあらずして
全てこの花　山桜なり

――――――

・藤原宇合《うまかい》　難波《なにわ》の宮を
「再興せよ」との　命令受けて
平城《なら》と難波《なにわ》を　往復するに
辿る道筋　河内《かわち》の国の
竜田を越える　山道なりし
丁度季節は　桜の頃で
高橋蟲麻呂《むしまろ》　その使者《つかい》でと
ここをば通り　願ぉて詠《うた》う

すぐ帰る　七日掛からん　桜花
竜田神さん　散らさんとって

―高橋蟲麻呂《たかはしのむしまろ》歌集―（巻九・一七四八）

国境《くにざかい》
坂に咲いてる　桜花《さくらばな》
見せたりたい児　居《お》ったらええな

―高橋蟲麻呂《たかはしのむしまろ》歌集―（巻九・一七五二）

我が行きは　七日は過ぎじ
竜田彦
ゆめ此の花を　風にな散らし

【三郷町立野の歌碑】

暇ないが
川を渡って　桜花《はな》取りに
行ってきたいな　向こうの峯の

——高橋蟲麻呂《たかはしのむしまろ》歌集——（巻九・一七五〇）

【竜田山・小鞍の桜】

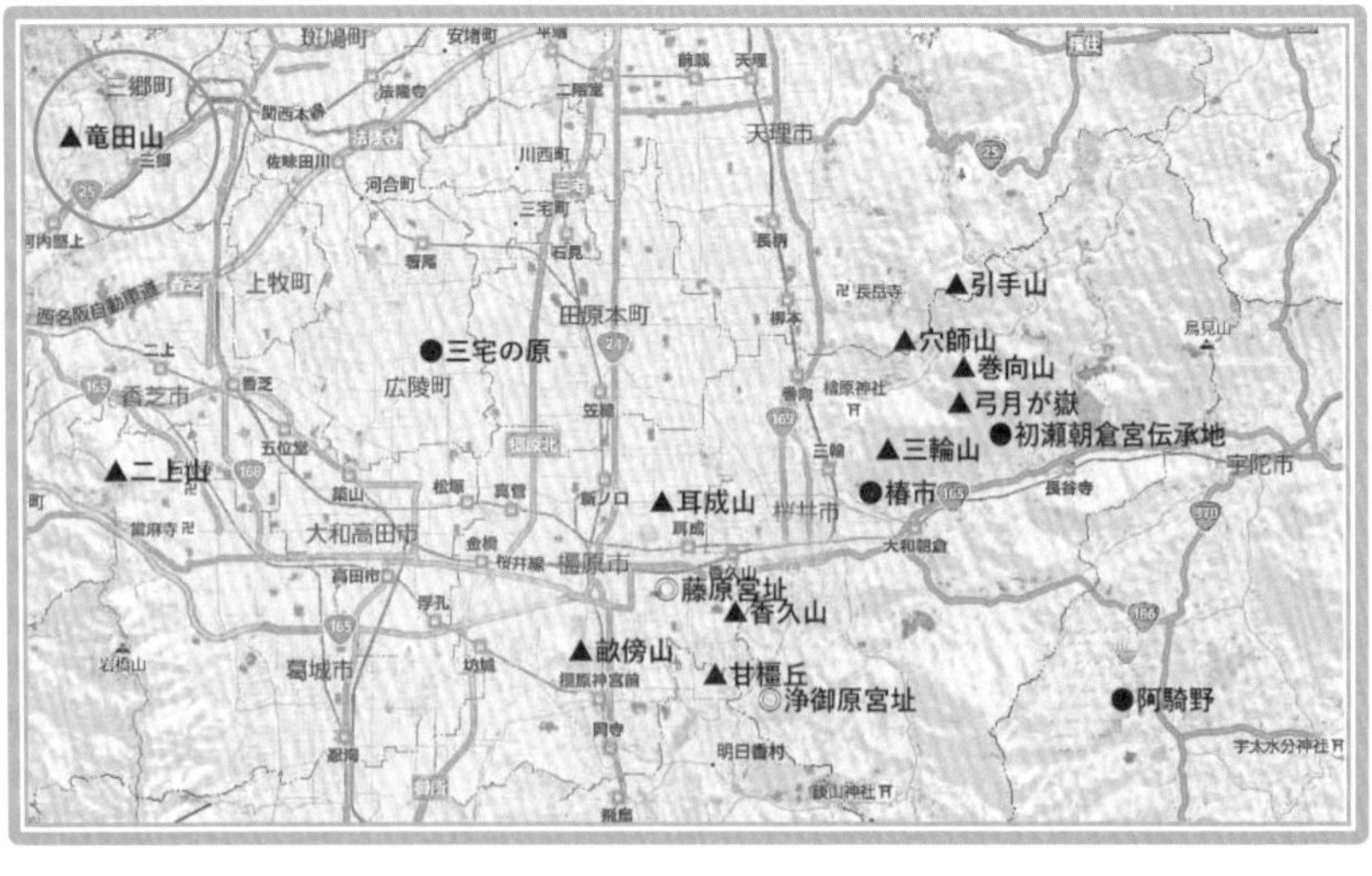

春の雨　酷降《ひど》らんとき
桜花《さくらばな》
散るん惜《お》しがな　まだ見とらんに

―作者不明―（巻十・一八七〇）

桜花
ずうっと長《なご》ぅ　咲くんなら
こんなに見とぅ　思いはせんに

―山部赤人《やまべのあかひと》―（巻八・一四二五）

・仕事立て込み　行く暇ないに
あぁ春の雨　しょぼしょぼ降るよ
そっと降ってや　散らしたアカン

・咲いたと思えば　すぐ散る桜
散るは惜しいが　またそれが良《え》え
咲いて散りたい　この我れもまた

春萌《も》えて　夏緑成《な》り　今紅《あか》の
斑模様《まだらもよう》や　秋の山肌

—作者不明—（巻十・二一七七）

秋萩《あきはぎ》に　置いた白露《しらつゆ》　朝常時《いつも》
玉や思うで　白露玉《しらつゆたま》や

—作者不明—（巻十・二一六八）

・春は若芽が　燃え出す山は
・夏には深い　緑に染まる
・今は赤　黄が　緑と混ざり
パッチワークや　この秋の山

・秋が深まり　朝冷え込んで
結んだ露が　萩花に置く
白《しろ》ぅ光って　宝石みたい

秋の野に
咲いてる花を　指折って
数えてみたら　ほらそれ七つ
―山上憶良《やまのうえのおくら》―（巻八・一五三七）

萩の花
薄《すすき》葛花《くずばな》　撫子《なでしこ》の花
女郎花《おみなえし》　藤袴花《ふじばかまばな》　桔梗《ききょう》の花や
―山上憶良《やまのうえのおくら》―（巻八・一五三八）

秋の野に　咲きたる花を
指折《およ》び折り
かき数うれば　七種《ななくさ》の花

【周南市若草町（万葉の森）にある歌碑】

吉隠《よなばり》の
夏身辺《なつみあた》りは　時雨《しぐれ》やな
庭の浅茅《あさじ》が　黄葉《いろづ》いとぉる

—作者不明—（巻十・二二〇七）

・秋が来たなら　時雨《しぐれ》が降って
寒さ募って　浅茅《あさじ》の葉っぱ
見事色づく　あぁ秋なんや

明け方の
露に濡らされ　庭先の
萩《はぎ》の下葉《したば》は　色付《づ》いたがな

—作者不明—（巻十・二一八二）

・浅茅《あさじ》に負けず　露濡らす萩
これも色づき　あぁ秋来てる

大坂の　峠を来たら
二上《ふたかみ》で
黄葉《もみじ》降り散る　時雨《しぐれ》が降って

―作者不明―（巻十・二一八五）

お前とこ　行こと馬乗り
生駒山《いこまやま》
越えて来たなら　散る散る黄葉《もみじ》

―作者不明―（巻十・二二〇一）

・二上山《ふたかみやま》の　北側麓《ふもと》
そこをば廻る　峠の道を
辿り来たなら　時雨《しぐれ》が降って
一緒に黄葉《もみじ》　降り頻《しき》りよる

・生駒の山の　その南側
大和《やまと》と難波《なにわ》　これつなぐ道
お前が待つよ　さぁ馬急げ
気まで急かす様《せ》《よ》　黄葉《もみじ》が散るよ

第十八章　都を離れての旅の歌

宇治川の
網代《あじろ》の木ぃに　寄る波は
淀《よど》み　たゆたい　何処《どこ》行くんやろ

──柿本人麻呂《かきのもとのひとまろ》──（巻三・二六四）

見飽けへん
吉野の川に　また来たい
またまた来たい　ずうっとずっと

──柿本人麻呂《かきのもとのひとまろ》──（巻一・三七）

・旅の歌なら　多くがあるが
・今とは違い　「旅行」やなどと
観光するや　宴会などに
浮かれ楽しい　ものではないぞ
・一つは行幸《みゆき》　これにと付いて
行くは仕事の　一部であるが
大和《やまと》に住まう　仕えの人は
大きな川や　海など知らず
見たことなしの　珍らの景色
心弾ませ　歌にと詠《うた》う

　　――――――

・宇治のこの川　広くて長い
川の流れも　ゆったりしてる
・吉野の川の　上流これは
流れ激しく　景色も豊か

形良《え》え　高師《たかし》の浜の　松の根を
枕で寝ても　家《うち》恋しいで

――置始東人《おきそめのあずまひと》――（巻一・六六）

早よ大和《やまと》　帰り逢《あ》いたい
浜風よ
待ってる児の方《ほ》　向《む》こうて吹いて
（わしの思いを　届けて欲しい）

――長皇子《ながのみこ》――（巻一・七三）

・長く続いた　難波《なにわ》の行幸《みゆき》
仮小屋作り　休みもするが
時には野宿　これ侘《わび》しいな

・長くなったら　大和《やまと》が恋し
待ってるあの児　ますます恋し
風よ吹け吹け　思いを乗せて

沖の波
白玉《しらたま》寄せて　持って来い
妻の土産《みやげ》に　わし欲しいんや

―作者不明―（巻九・一六六七）

白崎《しらさき》よ
白いまんまで　居《お》ってんか
また楫揃《かじそろ》え　見に来るよって

―作者不明―（巻九・一六六八）

・紀伊《き》への行幸《みゆき》は　心が躍《おど》る
見たこと無しの　大海原や
まぶしいばかりの　陽《ひ》の照る景色
これも珍し　釣りする漁師

・青海原に　くっきり見える
白い岬の　この珍しさ
また来たいんで　その時までは
白いまんまで　待っておくれ

南部浦《みなべうら》　潮満《み》ちたあかんで
向《む》この鹿島《しま》
釣りする漁師《りょうし》　見て来たいんで

―作者不明―（巻九・一六六九）

【みなべの浦より見る鹿島】

【海沿いの丘から見る白崎】

名寸隅《なきすみ》の
　浜から見える　松帆浦《まつほうら》
朝に玉藻《たまも》を　刈り採って
夕方藻塩《もしお》　焼くて云う
漁師娘子《おとめ》が　居《お》る聞いて
見とぅなったが　伝手《つて》無《の》ぅて
男のくせに　しょぼくれて
女みたいに　ぐずぐずと
　行きたい思て　悩んでる
行く船無いし　楫《かじ》も無い

——笠金村《かさのかなむら》——（巻六・九三五）

・聖武天皇《しょうむてんの》に　付き従って
　播磨《はりま》浜辺へ　行幸《みゆき》に行った
・潮の流れが　激しい鳴門
　海峡はさみ　淡路《あわじ》島が見える
・海は少しく　荒れてはいるが
　渡れぬ事は　これなさそうや
・笠金村《かなむら》胸に　行きたい気持ち
　募りはするが　行く術《すべ》がない

玉藻刈る　娘子《こ》お見に行こや

波たとえ

高《たこ》ても良《え》えで　船楫《ふねかじ》欲《ほ》しな

―笠金村《かさのかなむら》―　（巻六・九三六）

【淡路島北端の松帆浦・対岸はなきすみ】

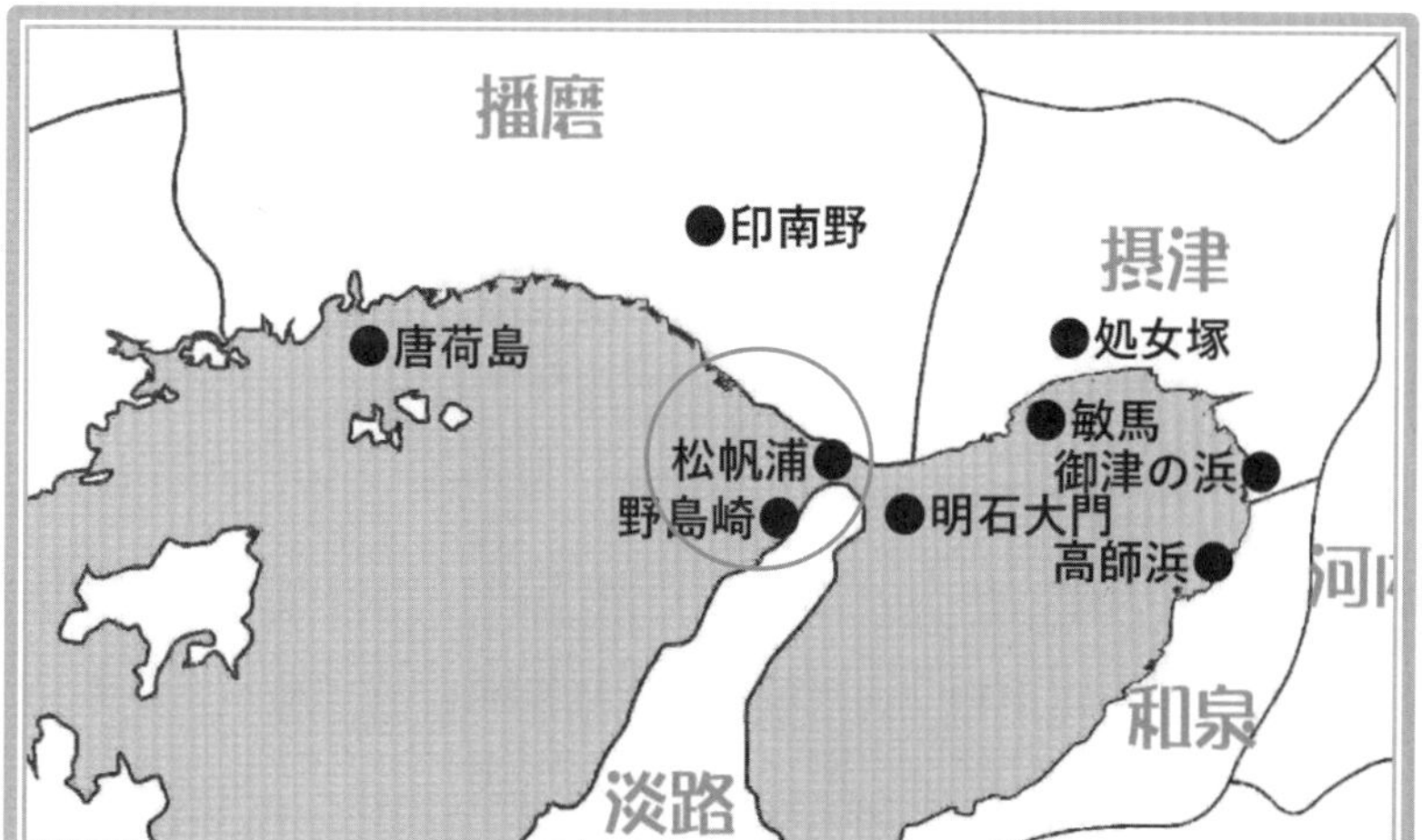

手枕を　して共寝《ね》たお前
一月《ひとつき》で
置いて山越《こ》え　行《い》かならんのか
――作者不明――（巻十二・三一四八）

あんた下紐《ひも》
うち、も一緒に　結ばして
無事な往き来で　逢《あ》える日願《ねご》て
――作者不明――（巻十二・三一八一）

・行幸《みゆき》で無い旅　赴任の旅か
任を受ければ　行かねばならぬ
旅の多くは　歩いて行くに
途中で何が　起こるか知れぬ
永久《とわ》の別れが　待つやも知れぬ

・あんたが結ぶ　その下紐に
安《やす》ら旅路で　帰るを願い
うち、も結ぶわ　心を込めて

沖の方　漕《こ》いでる舟を
岸の方《ほ》に
寄せる風吹け　波立たさんと

——古集——（巻七・一二二三）

・船で行く旅　疲れはせぬが
海が荒れれば　命が懸《か》かる
浜沿い進み　港で泊まる
仕方がなしに　沖出ることも
波よ立つなよ　風々吹くな

鳥みたい
海浮《う》かんでて　沖波《おきなみ》の
荒れるん聞いて　恐《おそ》ろしなった

——古集——（巻七・一一八四）

・歩いて行くは　足　土踏むが
船で行くのは　ふわふわふわと
浮かび流され　波荒れたなら
生きた心地が　せんほど怖い

あの小舟
　どこで泊まりを　するんやろ
　　さっき安礼崎《あれさき》　行ったあの舟

―高市黒人《たけちのくろひと》―（巻一・五八）

年魚市潟《あゆちがた》　潮引いたんや
桜田へ
　鶴鳴きながら　あぁ飛んで行く

―高市黒人《たけちのくろひと》―（巻三・二七一）

・高市黒人《たけちのくろひと》　旅行く先で
多くの歌を　残しているが
その殆どが　寂しさ詠《うた》い
なにや不安の　宿れる歌ぞ

――――――――

・ゆらゆらゆらと　小舟が行くよ
安礼崎《あれのさき》をば　通って行って
沖遠ざかる　あぁあの小舟
どこで安らぐ　泊まりをするか
わしも帰って　安らぎたいな

・桜田向かい　鶴飛んでいく
潮が引いたか　あの年魚市潟《あゆちがた》
わしも飛べたら　帰って行くに

【三河湾に注ぐ音羽川河口≒安礼の崎】

なんと無《の》に
物恋しさの　旅やのに
丹塗《あか》り船（公用の船）が　沖通ってく

――高市黒人《たけちのくろひと》――　（巻三・二七〇）

・あぁあ都《みやこ》が　恋してならぬ
沖を漕ぎ行く　あの赤船は
都《みやこ》を差して　行くのだろうか
わしも都《みやこ》へ　あぁ戻りたや

連れ立って　漕《こ》ぎ行った船
高島の
安曇《あど》の湊で　泊まったやろか

――高市黒人《たけちのくろひと》――　（巻九・一七一八）

・二艘《にそう》揃って　仲良さそうに
漕ぎ出し行った　あの船無事に
着いただろうか　安曇湊《あどみなと》へと
わしは一人で　寂しい旅や

【あどの湊・南舟木にて】

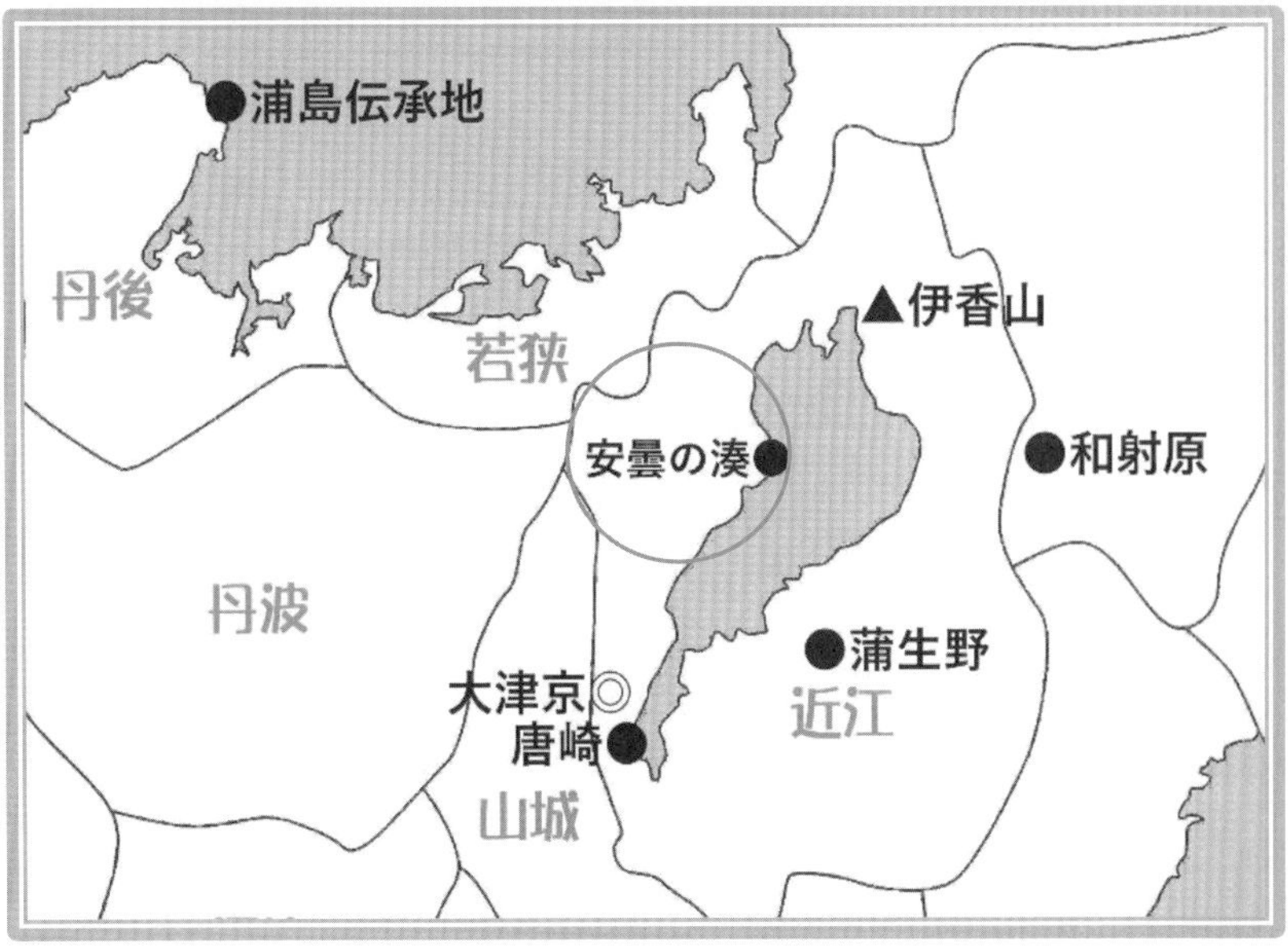

赴任の旅の　気塞《ふさ》ぎを
一寸《ちょっと》の間《ま》でも　晴らそかと
筑波《つくば》お山に　来てみたら
薄《すすき》揺れてる　田んぼでは
雁が寒《さむ》そに　鳴いとぉる
鳥羽の湖　風吹いて
寒々白波《なみ》が　立っとぉる
それでも　お山　好《え》ぇ眺め
見てたら塞《ふさ》ぎ　薄れ行き
大量溜《ようけた》まった　気鬱《きうつ》は消えた

――高橋蟲麻呂《たかはしのむしまろ》歌集――（巻九・一七五七）

・藤原宇合《ふじわらうまかい》　常陸《ひたち》（茨城県）の国へ
従い行きし　高橋蟲《む》麻呂《しまろ》任務
風土記《ふどき》編纂　その資料《たね》探し
・あちこち回《めぐ》る　伝説集め
これは楽しく　勇んで行くが
後の整理は、性には合わず
・都《みやこ》を離れ　来たストレスも
溜《た》まり溜《た》まって　鬱々《うつうつ》の日々
・これを晴らそと　仕事を抜けて
筑波《つくば》お山へ　蟲麻呂《むしまろ》急ぐ

筑波嶺《つくばね》の
山の麓で　田刈りする
あの児に遣《や》ろか　黄葉《もみじ》を採《と》って

——高橋蟲麻呂《たかはしのむしまろ》歌集——（巻九・一七五八）

【田圃を手前に筑波嶺を見る】

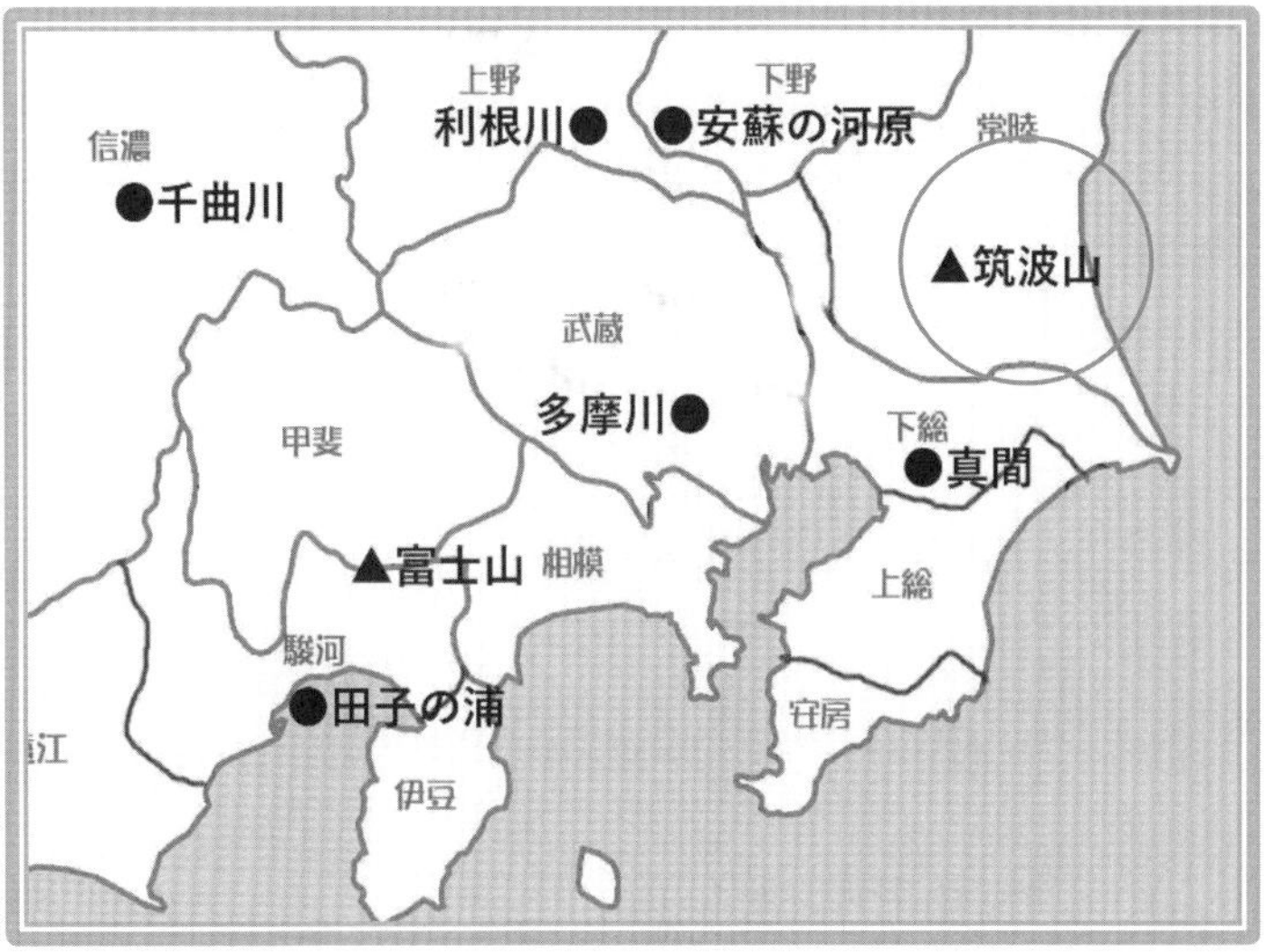

お前の顔が　見られへん
一緒寝るんも　出来《でけ》ん旅
桜の皮を　張った船
楫懸命《かじいっぱい》に　漕《こ》いで来た
淡路の島の　野島《のじま》崎過ぎ
印南都麻島《いなみつましま》　後《あと》にして
唐荷《からに》の島の　間から
家のある方《ほう》　見たけども

・山部赤人《やまべのあかひと》　任務の旅に
・任務《これ》を大切《だいじ》と　思いはするが
なにやら知れず　心は重い
・船は難波《なにわ》の　浜出《い》で行きて
西へと向かう　その見る景色
面白くあり　珍しきやも
あの歌心　湧きても来ずて
思い出すのは　妻ばかりなり
※桜の皮を張った船＝桜の皮は撥水《はっすい》効果がある？

山連《つら》なって　分かれへん
雲重《かさ》なって　見えやせん
巡り漕《こ》ぎ行く　浦々や
通り過ぎてく　島々で
ことある度《たんび》　お前をば
思いながらに　来たわしの
旅の日偉《えろ》ぅ　長《な》ごなったがな

―山部赤人《やまべのあかひと》―（巻六・九四二）

【唐荷の三島・室津賀茂明神より】

唐荷島《からにしま》
廻《めぐ》る海鵜《うみう》と　違《ち》ごてわし
家思わんて　ことあるかいな

——山部赤人《やまべのあかひと》——（巻六・九四三）

島伝い
舟で来たなら　熊野船《くまのぶね》
大和《やまと》行くんや　羨《うらや》ましいで

——山部赤人《やまべのあかひと》——（巻六・九四四）

玉藻刈る
唐荷《からに》の島に　島廻《しまみ》する
鵜にしもあれや　家思わざらん
【たつの市御津町室津（藻振鼻）の歌碑】

風吹いて
波出て来相《そ》で　様子見に
細江の浦で　舟寄せ待ちや

——山部赤人《やまべのあかひと》——（巻六・九四五）

【都田の細江・飾磨思案橋にて】

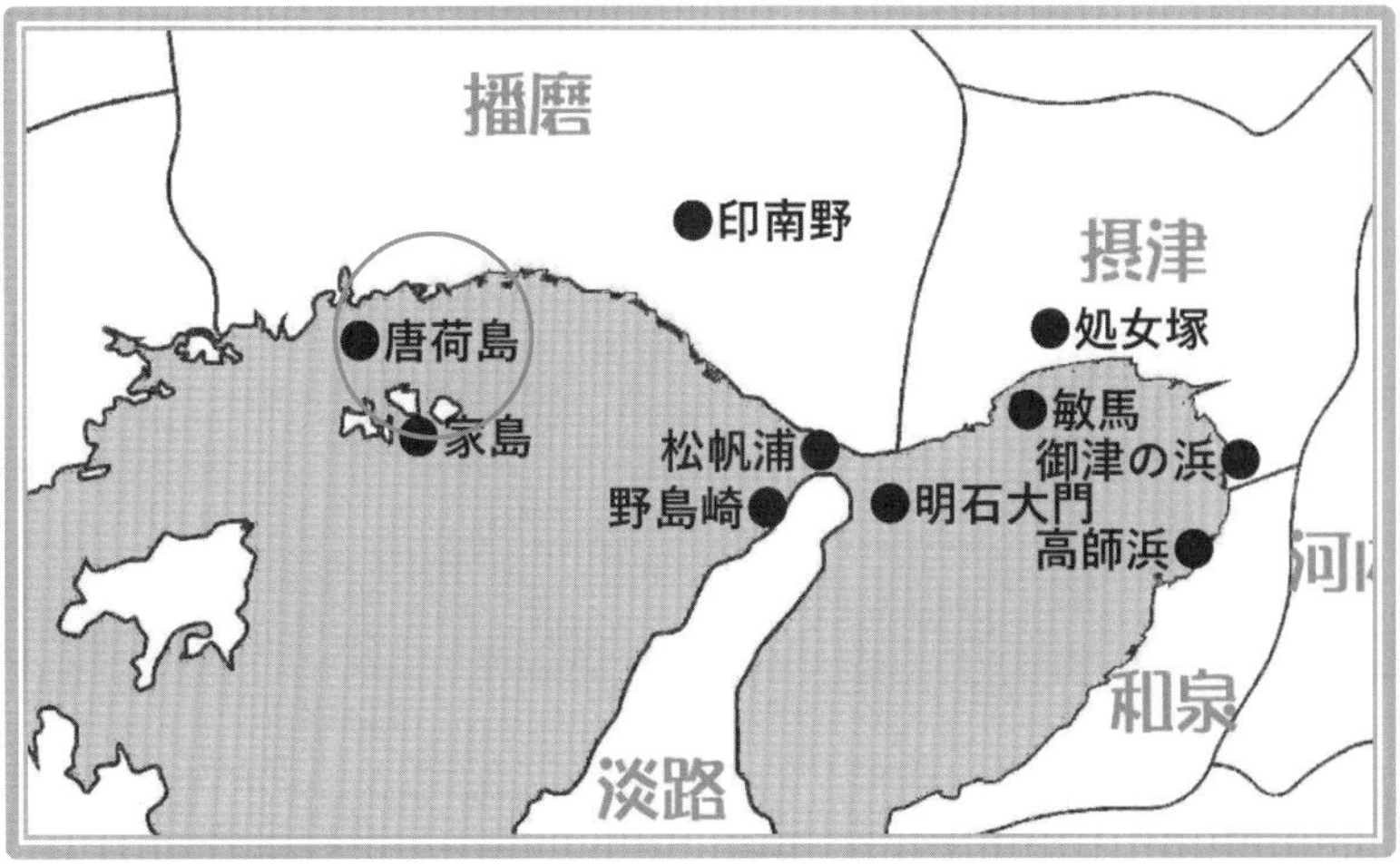

神統《す》べる　瑞穂《みずほ》の国は　言の葉を
言《ゆ》わんで神の　守る国
でも言わずには　措《お》れんから
必死で言うぞ　わしは言う
無事で元気で　居《お》ってやと
無事恙無《つつがの》に　帰ったら
波が来るよに　また逢《あ》える
何遍《なんべん》かても　わし言うぞ
何遍《なんべん》かても　わし言うぞ

――柿本人麻呂歌集《かきのもとのひとまろかしゅう》――（巻十三・三二五三）

・旅とは云《い》えど　これ大旅《おおたび》ぞ
国を挙《あ》げての　威信を掛けて
出《い》で向く先は　唐国《からくに》なりて
先進文物《ぶんぶつ》　手に入れる為
・越える海原　荒れるが多く
難破　遭難　数とて知れず
・それ選ばれた　遣唐使らは
受けた誉《ほま》れも　さることながら
死をも覚悟の　決死の旅ぞ
・行くも送るも　互いの胸に
無事の帰りを　心底願う
・言わずで措《お》くか　「無事帰れよ」と

この日本国《くに》は
言うたら叶《かな》う　言霊《ことだま》の
加護する国や　無事帰れよや

―柿本人麻呂《かきのもとのひとまろ》歌集―（巻十三・三二五四）

さあみんな
早《はよ》ぅ日本《やまと》へ　帰ろうや
御津《みつ》の浜松　待ってるよって

―山上憶良《やまのうえのおくら》―（巻一・六三）

・山上憶良《おくら》も昔　遣唐使での
末席なるも　その命受けて
唐《から》の国へと　出《い》で向きたりし
・確かに唐は　先進国で
得たる成果は　絶大なるも
見たその景色　文物《ぶんぶつ》皆が
なんと我国　倭国《わこく》と比べ
趣きなくて　殺伐なりし
・やっと任終え　帰るとなれば
早々心《はやばや》　難波《なにわ》の浜へ
※御津《みつ》の浜松＝難波の浜の松原

第七章　伝説を詠《うた》った歌

芦屋《あしや》に住まう　菟原《うない》の処女《おとめ》
八《や》つの歳から　年頃までも
隣人《となり》でさえも　見たことなしの
家内隠《やうちこも》りの　箱入り娘
せめて一目と　恋焦《こが》れを胸に
引きも切らない　求婚話
茅渟《ちぬ》の壮士《おとこ》と　菟原《うない》の壮士《おとこ》
火花を散らす　嫁取り競《きそ》い
こなた太刀《たち》提《さ》げ　かなたは弓で
水中火中《みずなかひなか》　厭《いと》いもなしに

優し処女《おとめ》は　嘆きて母に
こんな詰まらん　私のことで
あたら男が　命を賭ける
生きてこの世の　結ばれ捨てて
あの世で待つと　言い告げおいて
本心《こころ》隠して　あの世の旅へ
茅渟《ちぬ》の壮士《おとこ》は　夢見て知って
追わず措《お》くかと　死出《しで》追い旅に
後《おく》れ知りたる　菟原《うはら》の壮士《おとこ》
叫び足ずり　歯ぎしり喚《わめ》き
負けてなるかと　おっとり刀
あの世までもと　後《あと》追いかける

残った家族　悲しみ集《つど》い
こんな切無《せつな》い　経緯《いきさつ》せめて
後の人への　伝えに仕様《しよう》と
処女《おとめ》の塚を　真ん中挟み
右と左に　壮士《おとこ》の塚を
語り縁《えにし》と　造って祀《まつ》る
謂《いわ》れ聞いたら　思わず知らず
処女壮士《おとめおとこ》を　見知らぬ我れも
嗚咽《おえつ》頻りと　声上げ泣いた

——高橋蟲麻呂《たかはしのむしまろ》歌集——（巻九・一八〇九）

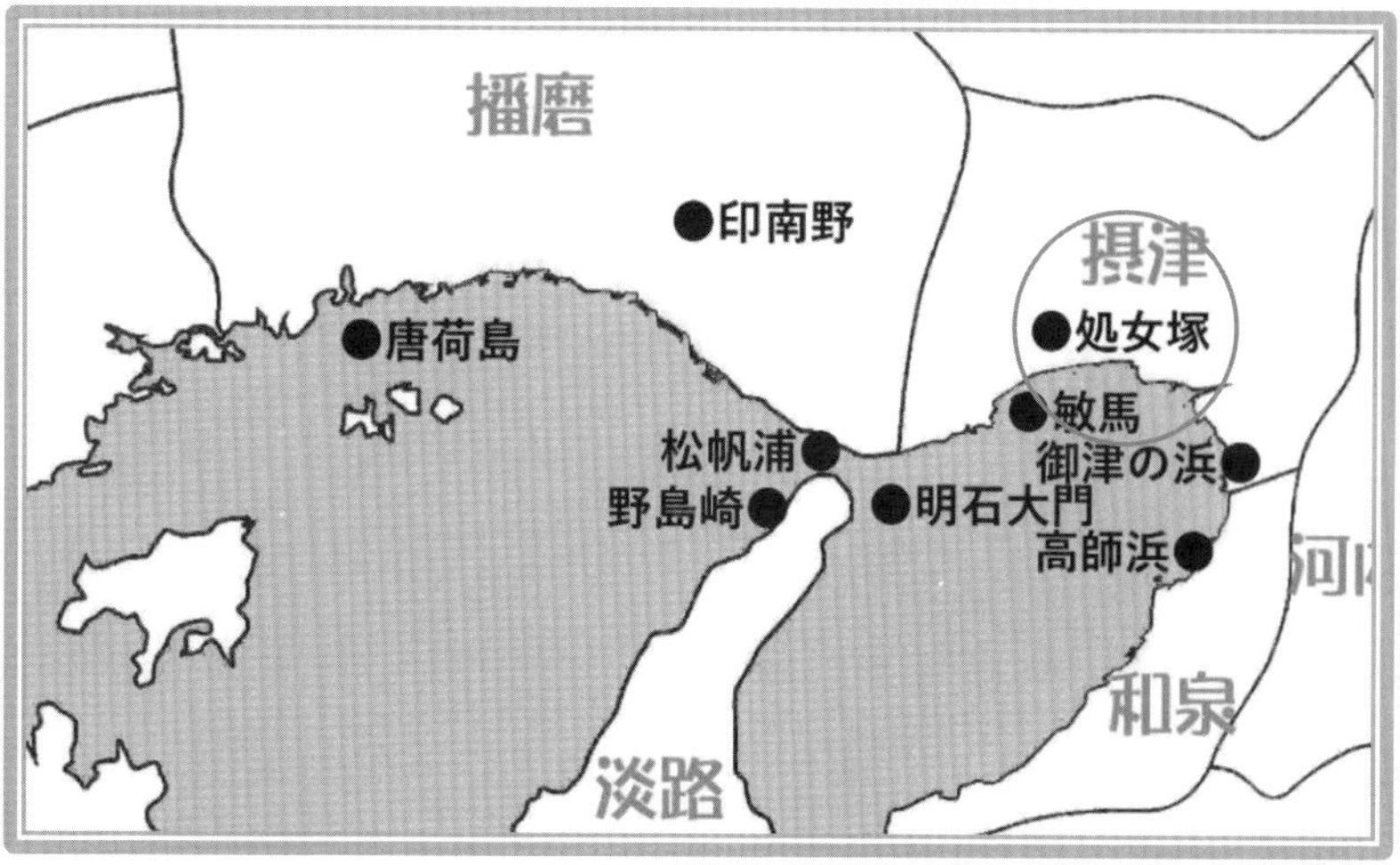

芦屋《あしのや》の
菟原処女《うないおとめ》の　墓の処《とこ》
通る度《たんび》に　悲して泣ける

――高橋蟲麻呂《たかはしのむしまろ》歌集――（巻九・一八一〇）

墓の上　木の枝靡《なび》く
やっぱりな
茅渟《ちぬ》の壮士《おとこ》に　気ぃあったんや

――高橋蟲麻呂《たかはしのむしまろ》歌集――（巻九・一八一一）

・（女を競い　ここまでするか）
・（さぞかし美し　女でありし）
・（本心言えば　良かりしものを
　何故に女は　死を選びしや）
・（なんと純情　昔の女）
・思う蟲麻呂《むしまろ》　涙を零《こぼ》す

【をとめ塚・求女塚、茅渟壮士の墓】

【をとめ塚・求女塚、菟原処女の墓】

【をとめ塚・求女塚、菟原壮士の墓】

春の霞の　立つときに
墨吉浜《すみのえ》の　岸に出て
揺れる釣り船　見とったら
昔のことが　思われる
浦島はんは　釣りに出る
鰹や鯛が　良《よ》ぅ釣れて
七日も家に　帰《かえ》らんと
沖漕《こ》いでたら　偶然《たまたま》に
海神娘《おとひめさん》に　逢《お》ぅたんや

・寄せては返す　丹後《たんご》の海辺
・広がる海の　遠くを見やり
思うは聞いた　昔の話

どっちとも無《の》ぅ　一目ぼれ
手ぇ取り合《お》ぅて　海神宮《りゅうぐう》の
豪華《ごうか》御殿で　二人して
甘い暮らしの　日ぃ過ごし
死なんとずっと　暮らせたに
アホな浦島　言《ゆ》うたんや
一寸《ちょっと》帰って　親に言《ゆ》い
直《じき》に帰るて　言うたんや

海神娘《おとひめさん》は　言《ゆ》うたんや
帰って来《き》たい　思ぅたら
開けたあかんで　この筺《はこ》と
厳《きつ》う厳《きつ》うに　言うたんや
帰って来《き》たら　家は無《な》い
村もあれへん　奇怪《おっかし》な
家を出てから　三年で
家が無《の》ぅなる　道理《わけ》がない
もしやこの筺《はこ》　開けたなら
元戻るかと　筺《はこ》開けた

湧きでる煙　白煙
海神宮殿《りゅうぐうじょう》へ　流れてく
慌《あわ》て走って　叫び転倒《こけ》
地団駄《じだんだ》踏んで　悔しがる
みるみる元気　無《の》ぅなって
しわくちゃ顔で　白髪《しらが》なり
息絶《ただ》え絶えで　死んで仕舞《も》た
あの辺《あた》り　昔《むかし》浦島　住んでた処《ところ》

――高橋蟲麻呂《たかはしのむしまろ》歌集――（巻九・一七四〇）

海神娘《おとひめ》と
死なんと長《なご》ぅ　暮せたに
ほんまアホやで　浦島はんは

―高橋蟲麻呂《たかはしのむしまろ》歌集―（巻九・一七四一）

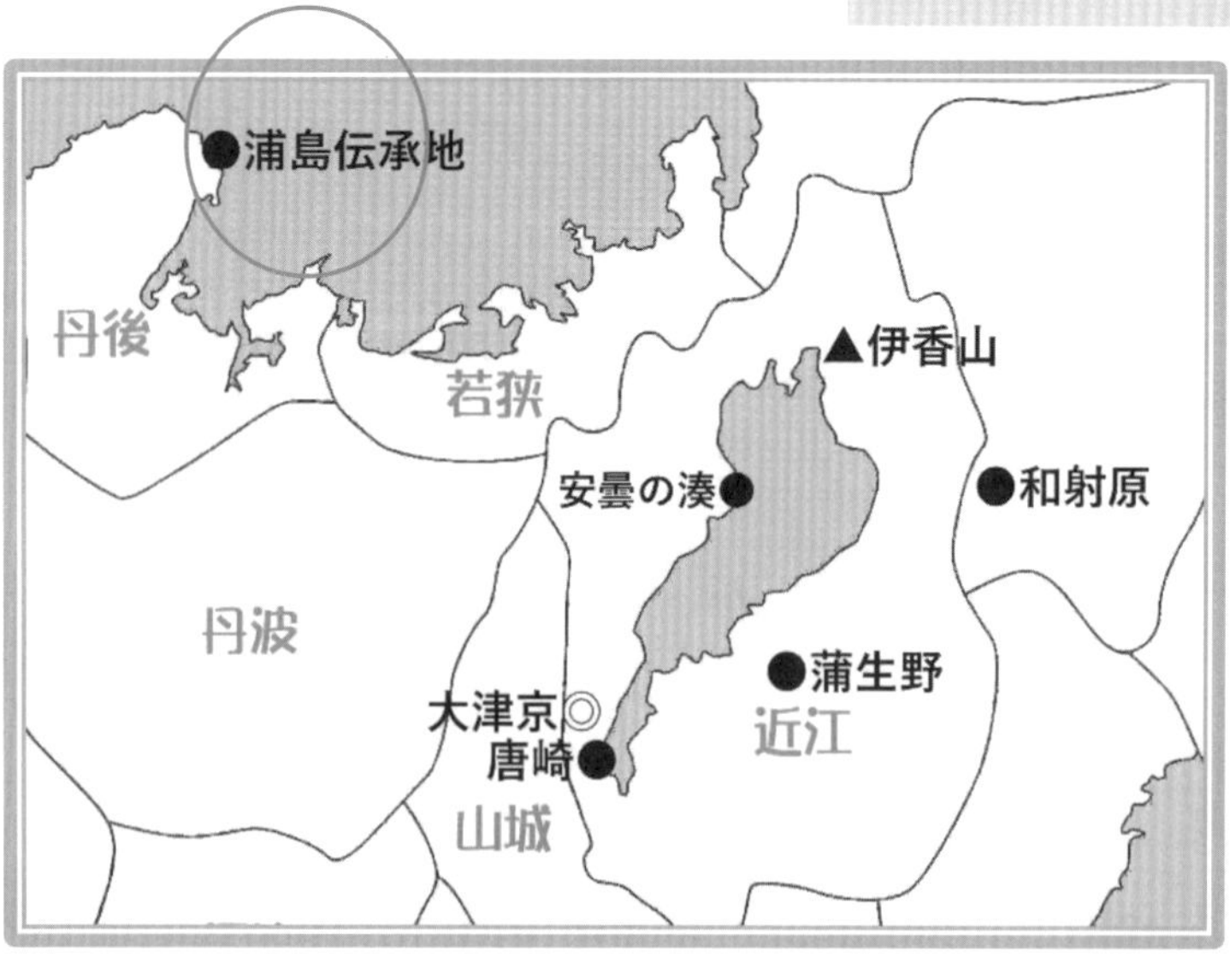

【浦島の伝承地・本庄浜】

【浦島の伝承地・網野の水之江浜】

都《みやこ》はるかな　東《あずま》の国に
昔あったと　伝わる話
今もそれかと　言い継ぐ話
葛飾真間《かつしかまま》の　手児名《てこな》て云《ゆ》う児
色褪《あ》せ衿《えり》の　麻衣被《あさふくかぶ》り
麻そのままの　粗末裳穿《そまつもは》いて
髪もそのまま　梳《けず》りもせんで
沓《くつ》も履かへん　裸足《はだし》の児やに
錦《にしき》服着て　育った児にも
負けん位に　器量《きりょう》の良《え》ぇ児
満月みたい　綺麗《きれえ》な顔で
花かと見える　笑顔で立つと

夏に飛ぶ虫　火に入《はい》る様《よ》に
湊に集まる　船来るみたい
男押しかけ　嫁にと騒ぐ
生きていたとて　長くは無いに
何をするやら　身の程知って
波音響く　湊《みなと》の中の
水底《みなそこ》墓に　沈みて臥《ふ》すよ
昔のことと　伝えは言うが
昨日《きのう》にここで　起こったことを
見てるんかなと　思えてならん

—高橋蟲麻呂《たかはしのむしまろ》歌集—（巻九・一八〇七）

真間《まま》の井を
見てると幻視《み》える　あの手児名《てこな》
ここで水汲む　可愛《かい》らし姿

――高橋蟲麻呂歌集《たかはしのむしまろ》――（巻九・一八〇八）

【市川市の亀井院にある「真間の井」】

・（これもまたまた　哀れな話）
・続き湧き出る　清らか水を
・今も汲みにと　若きの乙女
・汲み来る姿　途切れし折に
目の前浮かぶ　昔風《こふう》な乙女
なにやぼんやり　佇《たたず》みおるよ
・（おぉお今でも　水をば汲みに・・・）

第八章　東　歌

ほんまかな
あの真間手児名《ままてこな》　このわしを
頼りしてるて　あの真間手児名《ままてこな》

―東歌―（巻十四・三三八四）

葛飾《かつしか》の
真間《まま》の手児名《てこな》が　生きてたら
波騒ぐ様《よ》に　男騒ぐで

―東歌―（巻十四・三三八五）

・真間《まま》の手児奈《てこな》の　昔の話
人の口から、また 人の口
詠《うた》い継がれて　言い継がれてに
千年続き　今でも噂

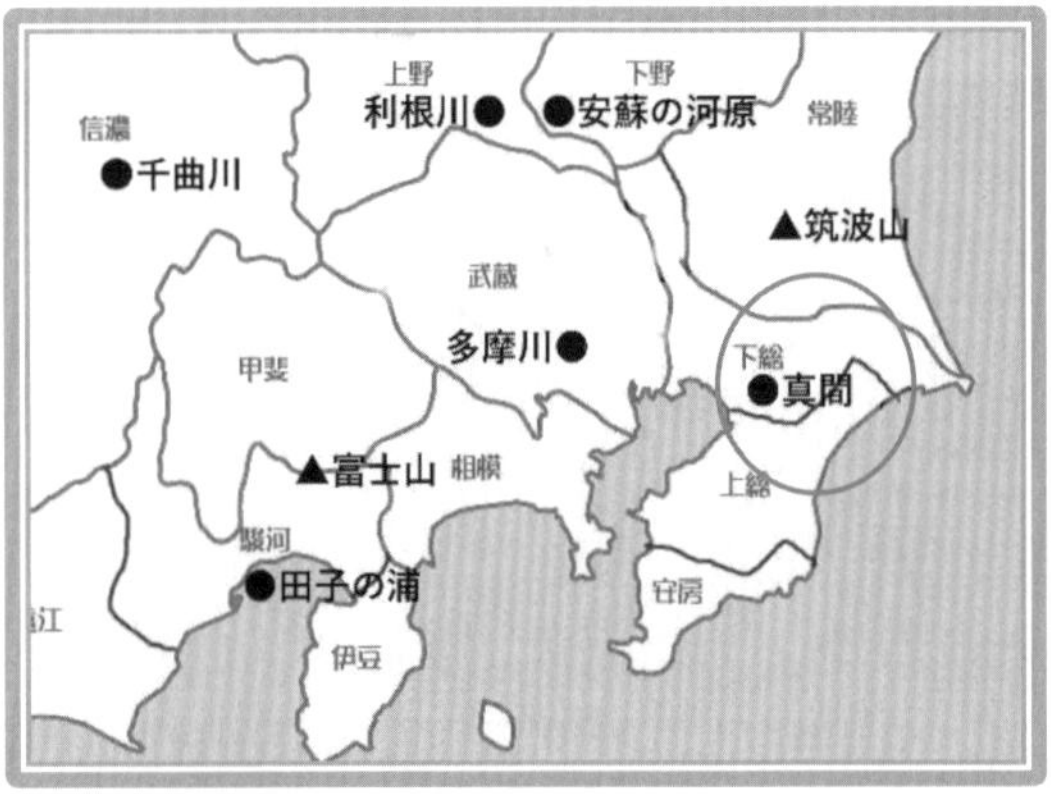

この鏡
うち持ってても　仕様《しょう》ないわ
あんた歩きで　難儀《なぎ》すん見《み》たら
（馬買《か》うのんに　使《つ》こても良《え》ぇで）

―作者不明―（巻十三・三三一六）

馬買《こ》ても　お前歩きや
仕様《しょう》ないか
石踏みながら　二人で行こや

―作者不明―（巻十三・三三一七）

・織田信長《のぶなが》催《もよお》す　この馬揃《うまぞろ》え
戦場にては　敵陣向かい
駆けては抜ける　馬必要だ
・良き馬見付け　買おうとしたが
山内一豊《やまうちかずとよ》　下級の武士で
馬買うほどの　金持たざりし
・嫁ぎし折に　密《ひそ》かに隠し
持ってきたなる　大金出して
「これで馬を」と　一豊《かずとよ》の妻
・見事な馬は　信長の気を
惹きて一豊《かずとよ》　出世の道へ

――――――

・これの話は　万葉集の
この歌からの　ヒントであるか
・もっともこの歌　詠《うた》いしものは
手柄を立てる　為ではなくて
互いを思う　夫と妻ぞ

信濃国《しなのくに》
　千曲の川の　小石でも
　あんた踏んだら　うち（ヽ）ち（ヽ）には宝

――東　歌――（巻十四・三四〇〇）

・純情可憐な　信濃《しなの》の乙女
・拾った小石　胸にと抱く
・魂《たましい》それは　その人すべて
・触れたものにと　魂《たましい》移る
・たとえ小石も　あの人踏めば
・魂《たましい》移り　もうあの人と
　変わりはないと　乙女は抱く

好《す》いてたら　来《き》てんかあんた
　柳の芽
　摘み尽くすまで　うち（ヽ）ち（ヽ）待ってるで

――東　歌――（巻十四・三四五五）

・来るか　来ないか
　　来ないか　来るか
・柳芽摘んで　占う乙女
・摘みつあの人　ずうっと思う

【千曲川、南佐久・海ノ口付近】

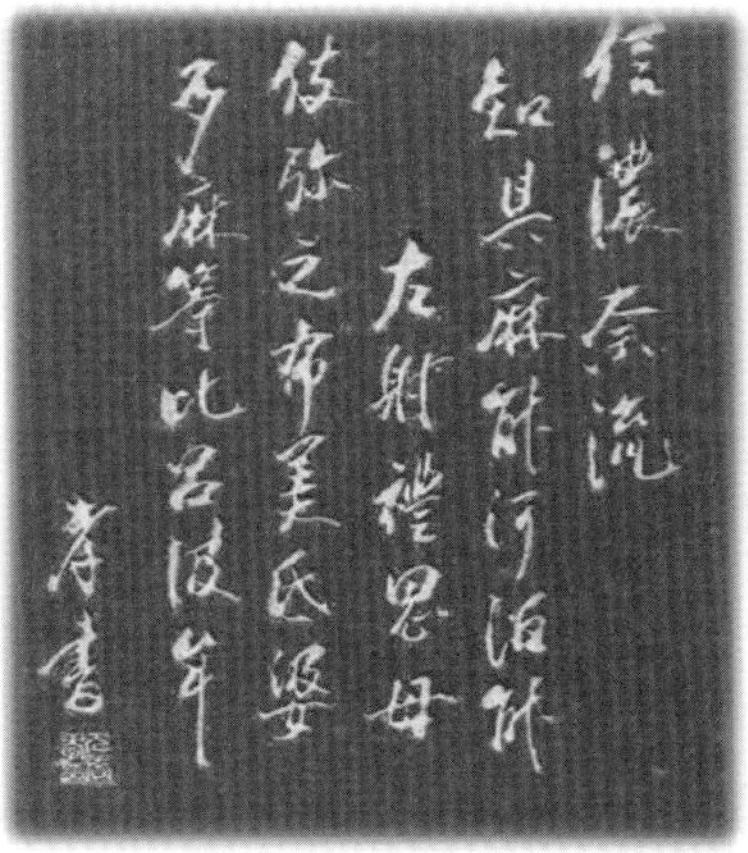

【千曲市、上山田温泉・佐久屋旅館】

信濃なる
千曲《ちぐま》の川の　細石《さざれし》も
君し踏みてば　玉と拾《ひろ》わん

足音の
発《た》てへん馬が　無いもんか
真間《まま》の継橋《つぎはし》　来続けたいで

――東　歌――（巻十四・三三八七）

・内緒で通う　あの児の許《もと》へ
・馬よ急げや　心は逸《はや》る
・だけど通うが　知れたら困る

利根《とね》川の瀬で
急に来る波　被《かぶ》る様《よ》に
ぱったりあんた　出逢《でお》たんやから

――東　歌――（巻十四・三四一三）

・緩《ゆる》やか思うた　利根川の瀬で
・急に来た波　これビックリや
・あんた見てわし　一目で惚《ほ》れた
・波と同じで　これビックリや

【名所・真間のつぎはし】

【利根川・渋川市付近】

共寝《ね》るのんは　一寸《ちょっと》の間《ま》やに
焦がれんは
富士の鳴沢《なるさわ》　ごっつ激しい

―東　歌―（巻十四・三三五八）

・楽しい時間《とき》は　すぐ過ぎてくが
・逢《あ》えん焦がれは　長々続く
・募る焦がれで　胸壊《つぶ》れ相《そ》や

安蘇《あそ》川原
空飛び来たで　このわしは
こない好きやが　どやねんお前

―東　歌―（巻十四・三四二五）

・気は急《せ》くけれど　石ころ河原
・足が痛《いと》ぅて　なかなか行けん
・いっそ飛ぼうと　思ぅて走る
・来たで来た来た　あの児の家へ

【安蘇の河原＝秋山川の河原・佐野市】

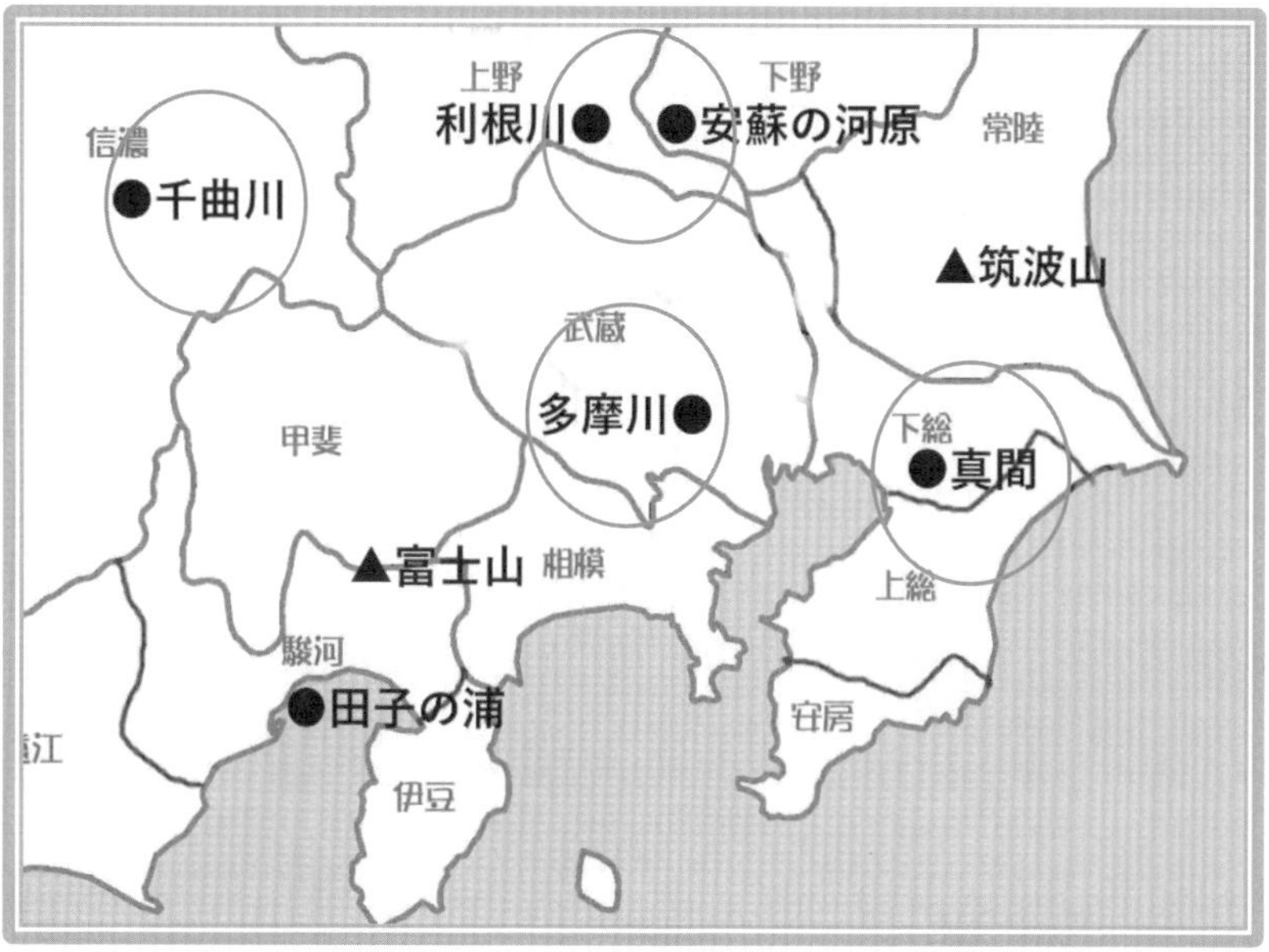

ちょっとでも
安眠《ね》さして欲《ほ》しと　思《おも》うのに
なんで夢出て　うち泣かすんや

――東　歌――（巻十四・三四七一）

稲《いね》を搗《つ》く　うちのあかぎれ
また今晩《きょう》も
若さん撫《な》でて　可哀想言《かわいそゆ》かな

――東　歌――（巻十四・三四五九）

・「夢に見る様じゃ　惚《ほ》れ様が薄い
　真に惚《ほ》れたら　眠られはせぬ」と
・云う都都逸《どどいつ》が　あるにはあるが
・眠られん夜を　やっとこ寝たに
・夢でこのうち　泣かすんかいな

・東国《あずま》の民謡　稲搗《つ》き歌を
・唄う作業で　乙女は思う
・（「白馬《しろうま》の人　来んかな」うちに）

筑波山《つくばやま》　雪降っとんか
そや無《の》ぅて
愛《いと》し児布《ぬの》を　干しとんのかな

―東歌―（巻十四・三三五一）

・筑波《つくば》の山に　ちらちらするは
・雪か布かや　遠くて見えん
・そぅあの辺《あた》り　あの児が住むよ

【筑波山・その麓の農村】

多摩川で
布晒《さら》す様《よ》に　さら増しに
なんでやこの児　可愛《かわい》てならん

――東　歌――（巻十四・三三七三）

・布を晒《さら》すに　水にて濯《すす》ぐ
・さらさら濯《すす》ぐ　そのさらさらと
・同じにさらにも　この児が可愛い

【多摩川・府中市南方にて】

第九章　防人歌《さきもり》

役人は　悪い奴《やつ》やで
病人の
わし防人《さきもり》に　させやがってに

――大伴部廣成《おおともべのひろなり》――（巻二十・四三八二）

船の舳先《へ》を
越す白波《なみ》みたい　藪《やぶ》からに
お召しになるか　思《おも》てもせんに

――丈部大麻呂《はせべのおおまろ》――（巻二十・四三八九）

・東《あずま》の国の　民百姓《たみひゃくしょ》
国の守りの　防人《さきもり》と
生国《くに》それぞれに　集められ
難波《なにわ》を目指し　旅に出る
・勤め三年《みとせ》と　言うけれど
三年過ぎる　こと頻《しき》り
・旅路《たびじ》費用は　自分持ち
武器食料も　手弁当《べんと》で
年貢免除も　受けられず
残る家族は　食い兼ねる
・難波《なにわ》港で　船準備
整備　修繕　勤め内《うち》
・やがて船出の　時迎え
見送る人も　見ず知らず
目指す筑紫《つくし》は　雲向こう
無事の帰りは　運次第

新任の
防人《さきもり》行く子　着てる衣《ふく》
解《ほつ》れて仕舞《も》たら　誰直すやろ

―古歌集―（巻七・一二六五）

防人《さきもり》に
行くんは誰の　旦那やと
何《な》も思わんで　言《ゆ》う人憎い

―作者不明―（巻二十・四四二五）

・選ばれた人　皆《みな》集められ
急ぎ出掛ける　その朝早く
見送る人は　大勢いるが
(解《ほつ》れた服を　誰直すか）と
悲しみ嘆く　身内を思い
労《いたわ》り憐れむ　人おる中に
「あの人誰の　旦那か」などと
送る身内の　気も知らずして
他人事にと　言う人もいる

お前の絵　描《か》く暇《ひま》欲しで
持て行《け》たら
途中見ながら　偲《しの》びも仕様《しょう》に

――物部古麻呂《もののべのこまろ》――（巻二十・四三二七）

妻のやつ　案じとるんや
飲む水に
顔写りよる　辛抱《しんぼう》出来ん

――若倭部身麻呂《わかやまとべのみまろ》――（巻二十・四三二二）

・妻を残して　防人《さきもり》出たら
もぅその姿　見られはせんぞ
せめて絵に描《か》き　手に持て行けば
とて思ぅたが　すぐ出にゃならん

・歩き疲れて　喉まで渇き
水を飲もうと　溜《たま》りの水を
覗いて見たら　そこ映《うつ》るのは
思い焦がれる　妻ではないか
あぁあ逢《あ》えるは　これ何時《いつ》の日か

我が妻も
絵《え》に描《か》き取らん　暇《いとま》もが
旅行く我れは　見つつ偲《しの》ばん

【浜松市南区下江町（南陽公民館）の歌碑】

我が妻は　激《いた》く恋いらし
飲む水に
影《かご》さえ見えて　世に忘られず

【浜松市浜北区宮口（八幡神社）の歌碑】

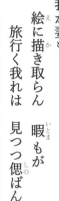

父《とと》と母《かか》
花であったら　良《え》ぇのにな
旅行く道を　提《さ》げて行くのに

――丈部黒當《はせべのくろまさ》――（巻二十・四三二五）

父《とと》と母《かか》
頭を撫《な》ぜて　無事でなと
言うてくれたん　忘れられんわ

――丈部稲麻呂《はせべのいなまろ》――（巻二十・四三四六）

・もぅ年齢《とし》取った　父母なのに
何故にこのわし　行かねばならぬ
持って行けたら　案じはせんに

・あぁ思い出す　お父《とう》とお母《かあ》
無事で何とか　生きては帰る
それまでどうが　長らえ待って

行く先が
闇夜《やみよ》みたいに　分からんに
何時《いつ》帰るんと　聞いたなあの児

—作者不明—（巻二十・四四三六）

並《なら》び立つ　松の木見たら
家人《みんな》して
わし見送りに　立ってる様や

—物部真嶋《もののべのましま》—（巻二十・四三七五）

松の木《け》の　並《な》みたる見れば
家人《いえひと》の
我《わ》を見送ると　立たりし如《もころ》

【下野市国分寺町（天平の丘公園）の歌碑】

小百合花《さゆり》
夜の寝床《ねどこ》で　可愛《かい》らし児
昼も可愛《かい》らし　いつも可愛《かい》らし
（そんな児置いて　わし来たのんや）

―大舎人部千文《おおとねりべのちふみ》―（巻二十・四三六九）

鹿島神《かしまがみ》
祈り捧げて　国の為《ため》
兵隊なって　わし来た云うに
（あの児のことを　思ぅたりして）

―大舎人部千文《おおとねりべのちふみ》―（巻二十・四三七〇）

・寝ても覚《さ》めても　可愛いあの児
妻に貰《もろ》ぅて　間無しや言うに
このワシ　防人《さきもり》採られて仕舞《しも》た
選ばれたから　仕方はないが
（せめてお国の　為ならこの身
捧げ尽くすと　覚悟はしたに
何故《なぜ》にあの児が　この胸浮かぶ）

筑波嶺《つくはね》の
さ百合《ゆる》の花の　夜床《ゆどこ》にも
愛《かな》しけ妹《いも》ぞ　昼も愛《かな》しけ

【大宝八幡宮（茨城県下妻市）の歌碑】

【鹿島神宮】

第十章　新羅へ遣《つか》わされた人の歌

このうち、
あんたが守る　雛鳥《ひなどり》や
離されたなら　恋死《こいじに》するで

―遣新羅使人の妻―（巻十五・三五七八）

行く船に
乗せて構《か》まへん　言《ゆ》うんなら
お前包んで　持ってくのんに

―遣新羅使人―（巻十五・三五七九）

・国交絶えし　新羅《しらぎ》の国が
久方ぶりに　前年来たが
「国名変えたを　連絡なし」と
無礼を咎《とが》め　追い返したが
真意確かめ　為《な》さんとしてか
新羅《しらぎ》へ向けて　遣《つか》いを出《い》だす
・新羅《しらぎ》行く船　出航《で》る日は近い
秋に帰れる　旅とは云《い》えど
妻との別れ　切無《せつな》さ募る
異国遣《つか》いの　勲《いさおし》よりも（続く）

朝明け待って　御津《みつ》の浜
大っきい船に　楫《かじ》付けて
韓国《からくに》行こと　勇み立ち
向いに見える　敏馬《みぬめ》へと
潮時計《しおどきはか》り　漕《こ》ぎ出した
沖は白波　高いんで
岸を伝《つと》ぅて　漕《こ》いでくと
夕方なって　淡路島
雲に隠れて　仕舞《しも》たんや

夜更《よるふ》けて仕舞《も》て　進む先
見分け出来《でけ》んで　明石浦
船を留《とど》めて　船宿《ふなやど》り
沖の方《ほ》見たら　夜釣《よづ》りする
海人娘子《あまおとめ》らが　乗る小舟
連《つら》なり浮かぶ　点々と
夜明けまだきに　潮満《み》ちて
葦辺の方へ　鶴が鳴く
朝凪《あさなぎ》内に　船出《だ》そと
乗り手船頭《せんどう》　声掛けて
波に揺《ゆ》られて　漕《こ》いでくと

雲の彼方《かなた》に　家島や
家が思われ　旅空の
心沈みの　晴らしにと
早《はよ》ぅ見たいと　漕《こ》いだけど
沖から高波《なみ》が　寄せてきて
良《よ》ぅ見られんで　素通《すどお》りや
やがて行き着く　玉の浦
岸に船停《と》め　浜辺から
浦の荒磯《あらいそ》　見とったら
（家思い出し　侘《わび》しなり）
子供みたいに　泣いて仕舞《も》た

せめてのことに　白玉を
妻の土産《みやげ》と　拾い取り
袖に入れては　みたもの《の》の
持ち帰らせる　使い無て
持っておっても　仕様《しょう》ないと
元の浜辺に　また捨てたんや

―遣新羅使人―（巻十五・三六一六）

・意気揚々《ようよう》と　難波《なにわ》を出《い》でて
漕《こ》いでいく船　あちこち巡り
珍し景色　いろいろあるが
思うはいつも　家やら妻ぞ（続く）

【円通寺の丘から見る玉の浦】

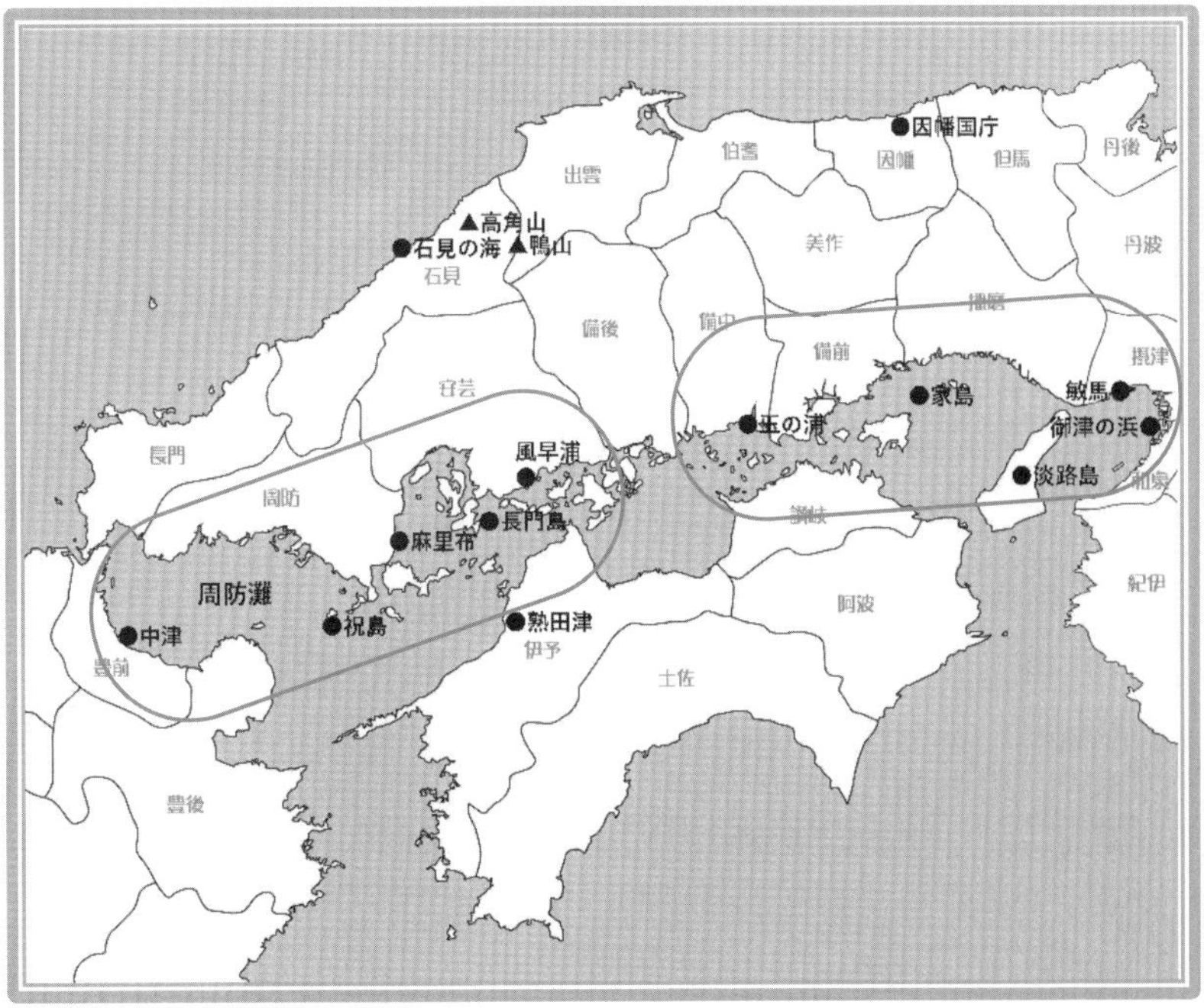

わしのため　嘆くかお前
風早《かぜはや》の
沖で霧立ち　棚引いとぉる

―遣新羅使人―（巻十五・三六一五）

沖からの　風よ吹け吹け
嘆いてる
お前の息霧《きり》に　包《つつ》まれたいな

―遣新羅使人―（巻十五・三六一六）

・船は西へと　進みはするが
見えるは島　水　これのみばかり
段々《しだい》気は倦《う》み　寂しさ募る
胸に浮かぶは　家　妻　都《みやこ》（続く）

【風早の浦・JR風早駅付近から】

早よ帰れ　思《おも》てあの児が　待ってるに
家帰れんで　沈む思《おも》たで

—遣新羅使人—（巻十五・三六四五）

浦伝《うらづた》い　来た船やのに
風速《はよ》て
流されて沖で　夜越《よるこ》す破目《はめ》や

—遣新羅使人—（巻十五・三六四六）

・島を伝って　船　西行くが
周防灘《すおうなだ》へと　進みた船は
突如舞い来た　逆巻き風に
吹かれ煽《あお》られ　沖運ばれる
沖は高波　牙むく波頭《はとう》
哀れ藻屑《もくず》に　成り果てるかと
乗り手　船頭　皆して覚悟

・朝を迎えて　風和《やわ》らぎて
九死一生　無事喜ぶが
船楫《ふなかじ》利《き》かず　船　潮任せ

・着いたは豊前《ぶぜん》（大分県）　中津の辺《あた》り
後で思えば　恐ろし遭遇《であい》
無事を思うと　家　妻恋し（続く）

韓国《からくに》て
良《よ》ぅ言《ゆ》たもんや　言葉通《ど》り
辛《から》い別れに　なって仕舞《しも》たで

――六人部鯖麻呂《むとべのさばまろ》――（巻十五・三六九五）

新羅《しらぎ》へと
行《い》くんか家に　帰るんか
（壱岐）行《い》きや言うても　行《い》きとぅないで

――遣新羅使人――（巻十五・三六九六）

・壱岐《いき》に着いたが　その島中《しまなか》で
雪宅麿《ゆきのやかまろ》　病《やまい》に倒る
旅の疲れか　気の滅入りかや
流行《はや》り病《やまい》に　取り付かれたか
向かう新羅《しらぎ》を　目の前にして
悔しかろうと　友皆《みな》嘆く（続く）

【壱岐島の雪宅麿《ゆきのやかまろ》の墓のある小森】

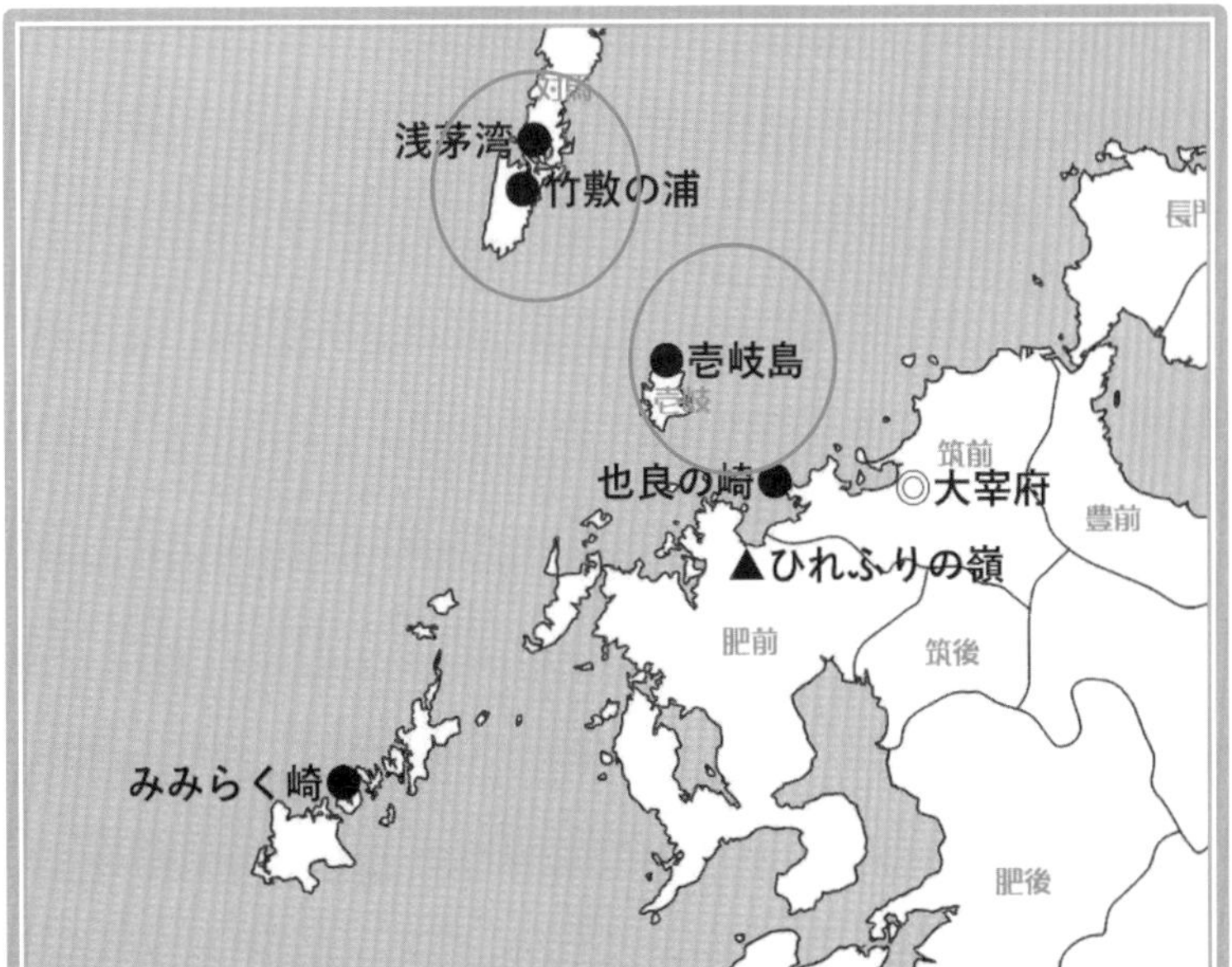

多船《ふね》泊める
対馬浅茅湾《つしまあそわん》　囲む山
時雨《しぐれ》に濡れて　黄葉《いろづき》したで

——遣新羅使人——（巻十五・三六九八）

竹敷の　黄葉綺麗《もみじきれえ》や
おぉそうや
お前待つ言《ゆ》た　季節《とき》来てるがな

——大伴三中《おおとものみなか》——（巻十五・三七〇一）

・対馬《つしま》へ渡り　浅茅《あそう》の浦に
船を留《と》めて　潮時待つに
野分《のわき》吹き来て　また海荒れて
長く待つ間に　黄葉《もみじ》が染まる
秋に帰ると　言い置き来たが
新羅《しらぎ》着く前　秋来て仕舞《しも》た（続く）

【上見坂《かみさか》展望台から見る浅茅湾】

【竹敷の浦】

家島は　名前倒れや
海越《こ》えて
わし来たのんに　妻居《お》らんがな

―遣新羅使人―（巻十五・三七一八）

手短《てみじか》な
旅で直早《じきはよ》よ　帰るでと
言《ゆ》うて来たのに　年《とし》変わったで

―遣新羅使人―（巻十五・三七一九）

・新羅《しらぎ》へ着くが　その扱いは
報復《しかえし》なのか　門前払い
気落ち帰還に　これ重なりて
大使病《やまい》で　対馬《つしま》で果てて
副使病《やまい》で　足止めされる

・失意を抱き　帰路辿るにも
波海《なみうみ》越えて　心は焦《あせ》る
待ちおる妻よ　待て今暫《しば》し

・帰りた都《みやこ》　疱瘡嵐《いもがさあらし》(天然痘)
巷《ちまた》に死人《しびと》　山かと溢《あふ》る
宅麿《やかまろ》死すは　この病《やまい》かや

【家島遠望】

家島《いえしま》は　名にこそありけれ
海原《うなはら》を
我が恋い来《き》つる　妹も居《あ》ら無《な》くに

【家嶋神社の参道入り口の歌碑】

第十一章　面白い歌

わしの里　大雪降った
お前居《お》る
そっちの田舎　まだまだやろな

—天武天皇《てんむてんのう》—（巻二・一〇三）

そら違《ちゃ》うで
こっちの神さん　お願いし
降らして貰《もろ》た　雪のカケラや

—藤原夫人《ふじわらのぶにん》—（巻二・一〇四）

・今も昔も　ここ奈良の地は
雪は滅多に　降らないけれど
偶《たま》にも降れば　皆《みな》大はしゃぎ
・天皇さんも　雪積もる見て
喜んだのか　（揶揄《からか》うかな）と
一時実家の　妻へと文を
・受けたその妻　機転が利《き》くよ
（こんな少しを　大雪などと
すぐの近くを　田舎やなどと
返しの文《ふみ》で　懲《こら》しめてやろ）

【大原の里・手前の森は鎌足の母の大伴夫人の墓】

【明日香村小原の小原神社にある歌碑】

不要言《ええゆ》ても
強《し》いて聞せる　志斐語《しいかた》り
久し聞かんは　寂《さみ》してならん

——持統天皇《じとうてんのう》——（巻三・二三六）

嫌言《いや》うに
喋《しゃべ》れ喋《しゃべ》れと　おっしゃるに
喋《しゃべ》ったわてを　強《し》い婆言《ばばゆ》うか

——志斐嫗《しいのおみな》——（巻三・二三七）

・持統《じとう》天皇　やっぱり女
世間話の　あれこれなるを
聞きたく思い　志斐嫗《しいおみな》呼ぶ
・出てきた志斐《しい》嫗に　軽口言えば
志斐《しい》嫗も負けずと　シャレにて返す

西《にし》の市《いち》
一人出掛けて　買《こ》うた絹
見比べせんで　買い損《そ》こ無《の》たで

―古歌集―（巻七・一二六四）

東市《ひがしいち》
植えた木の枝　垂《た》れるまで
ずっと逢《あ》わんで　ほんまに恋し

―門部王《かどべのおおきみ》―（巻三・三一〇）

・今も昔も　世は変わらない
慌《あわ》てて買えば　偽物《にせもの》掴む

【東市のあった奈良市西九条あたり】

さぁさそこなる　立ち会い　衆《しゅう》よ
安居《やすい》してるに　出掛《でか》けは辛《から》い(つらい)
辛《から》い韓国《からくに》　そこ棲《す》む虎の
恐《おそ》ろし奴《やつ》を　八頭《やつ》生け捕って
皮剥《は》ぎ取って　畳《たたみ》(敷物)に作る
山畳《たた》なずく　平群《へぐり》の山で
四月五月《しがつごがつ》と　催《もよお》されたる
鹿角《しかつの》取りの　狩行きし折

山の麓《ふもと》の　櫟《くぬぎ》の根本《ねもと》
弓を八つと　鏑矢《かぶらや》八つ
抱《か》かえこのわし　待ち居《お》る処《とこ》に
牡鹿《おじか》現れ　嘆きて言《ゆ》うた

・平城《なら》の都《みやこ》は　賑わいおりて
西と東に　盛んな市が
・西の市では　鹿肉《にく》売る男
声を嗄《か》らして　口上叫ぶ
※乞食者《ほかいびと》＝門《かど》つけ芸人（家の前で祝いの言葉を言って報酬を得るもの）

「やがてこのわし　射《い》られて死ぬる
この身なにとぞ　大君許《もと》に
わしのこの角《つの》　御笠《みかさ》の飾り
この耳どうか　御墨《みすみ》の壷《つぼ》に
目玉　鏡に　爪　弓弭《ゆみはず》に
毛えは筆先《ふでさき》　皮　箱表《はこおもて》
肉と肝《きも》とは　膾《なます》となして
この胃袋は　塩辛材料《しおからねた》に

老《お》いさらばえし　この身であるが
ここに死に花　咲かして果《は》つと
声高々《たかだか》に　奏上《そうじょう》願う
声高々《たかだか》に　奏上《そうじょう》願う」
（さあさ立ち会い　買わんか鹿肉《にく》を）

―乞食者《ほかいびと》―（巻十六・三八八五）

難波《なにわ》入江で　棲家《すみか》を造り
隠れ暮しの　この葦蟹《あしがに》を
大君召《め》すと　知らせが言《ゆ》うた
何故《なぜ》にこのわし　お召しになるや
大体《おおかた》そうと　察《さっ》しは付くが
歌《うた》唄えかや　笛《ふえ》吹けやかや
はたまた琴を　弾《ひ》けとの召しか

・片やこちらは　東の市で
難波《なにわ》で捕れた　蟹をば並べ
（さぁさ美味《うま》い）と客呼ぶ声が

訝《いぶか》しけども　命《めい》受け仕様《しょう》と
今日か明日かの　飛鳥《あすか》を通り
立てて置くなの　置勿《おくな》に至り
杖《つえ》を突く云《ゆ》う　都久野《つくの》に着いて
東の中の　門から入《はい》り
参上《さんじょう》致し　命賜《めいたまわ》るに

馬に腹帯《はらおび》　掛けるは分る
牛に鼻縄《はななわ》　掛けるも分る
したがこの蟹《かに》　縄掛け縛《しば》り
楡枝《にれえだ》擂《す》った　粉子《こなこ》を塗《まぶ》し
天日《てんび》長々　晒《さら》して干《ほ》して
韓臼《からうす》　手臼《てうす》　搗《つ》いて砕《くだ》き

なんたることか　故郷難波《ふるさとなにわ》
そこの入江で　作った辛塩《しお》を
瓶《びん》に詰めさせ　急《いそ》ぎて運び
わしの目《め》の玉《たま》　塗《ぬ》りたくってに
美味《うま》い美味《うま》いと　ご賞味《しょうみ》なさる
美味《うま》い美味《うま》いと　ご賞味《しょうみ》なさる
（さあさ立ち会い　買わんか蟹《かに》を）

—乞食者《ほかいびと》—（巻十六・三八八六）

言うたろか
石麿《いわまろ》さんよ　夏痩《や》せに
ようぅ効《き》く言うで　鰻食《く》たどや

―大伴家持《おおとものやかもち》―　（巻十六・三八五三）

痩《や》せてても
生きてる方が　まだ良《え》ぇで
鰻捕ろぅと　溺《おぼ》れんときや

―大伴家持《おおとものやかもち》―　（巻十六・三八五四）

・真面目家持《やかもち》　その顔にては
とても冗談　言い相《そ》に見えん
・けれど親しい　友達にへは
こんな悪態　言うこともある

石麿《いわまろ》に
我れ物申す
夏痩《や》せに
良《よ》しという物ぞ
鰻捕り食《め》せ

【千曲市・ウナギ屋「辰勢」主人・合津氏邸の歌碑】

鹿島の嶺の　机の島の
シタダミ小貝　拾《ひろ》ぅて取って
石で砕《くだ》いて　川瀬で洗《あろ》て
塩でごしごし　揉《も》み味付けて
高器《うつわ》に盛って　膳立て並べ
お母《かあ》にあげたか　愛《いと》しい嫁《よめ》よ
お父《とう》にやったか　可愛《かい》らし嫁《よめ》よ

―作者不明―（巻十六・三八八〇）

【机島全景】

机之嶋歌
所聞多祢能　机之嶋能
小螺乎　伊拾持来而
石以　都追伎破夫利
早川尓　洗濯
辛塩尓　古胡登毛美
高坏尓盛　机尓立而
母尓奉都也　目豆児乃刀自
父尓献都也　身女児乃刀自
孝書

【机島にあるシタダミの歌碑】

鹿島嶺《かしまね》の　机の島の
小螺《しただみ》を　い拾《ひり》い持ち来《き》て
石以《も》ち　突《つつ》き破り
早川に　洗い濯《すす》ぎ
辛塩《からしお》に　こごと揉《も》み
高坏《たかつき》に盛り　机に立てて
母に奉《まつ》りつや　愛《め》ず児の刀自《とじ》
父に献《まつ》りつや　愛《め》ず児の刀自《とじ》

大汝《おおなむち》　少彦名《すくなひこな》が　居《お》った云《ゆ》う
神の代《よ》からの　言い伝え
「父母《ちちはは》見たら　尊いで
妻子《つまこ》見たなら　可愛《かい》らしで
それが世の中　当たり前」
世の人誰も　そう言うを

（そう云《い》や少咋《おまえ》　言うてたな）
『世の人わしも　誓いして
初夏咲くちさの（キク科の野菜）　盛《さか》りどき
愛《いと》しい妻と　朝夕に
嬉し悲しを　分《わ》かち合い
嘆きながらも　言《ゆ》うたんや

「苦しいのんは　続かへん
神さんちゃんと　見てはって
春の花咲く　時来る」と』
そう言《ゆ》て待った　春今《いま》や
離れて暮らす　奥さんが
使いは何時《いつ》に　来《く》るんかと
心寂《さみ》しゅう　待ってるに

春風吹いて　雪溶けて
射水川《かわ》に流れる　泡《あわ》の様《よ》な
流離《さすら》い人《びと》の　左夫流児《さぶるこ》と
紐《ひも》の緒《お》みたい　絡《から》まって
鳰鳥《におどり》みたい　連れ立って
奈呉《なご》海みたい　沖深《おきふこ》ぅ
水没《はま》って仕舞《しも》て　女狂《くる》ぅてる
お前の心　救い様《よ》ないな

―大伴家持《おおとものやかもち》―　（巻十八・四一〇六）

奈良都《ならみや》で
留守居の妻が　背《せ》伸びして
待ってる気持ち　それ分らんか

―大伴家持《おおとものやかもち》―　（巻十八・四一〇七）

不品行《ふしだら》男の
里人目《ひとめ》恥ずかし　仕事《つとめ》終え
左夫流児《さぶるこ》へ急ぐ　いそいそ姿

―大伴家持《おおとものやかもち》―　（巻十八・四一〇八）

・部下の教育　上司の務め
品行悪い　尾張少咋《おわりのおくい》
これを前にし　「改むべし」と
大伴家持《おおともやかもち》　コンコン説《と》いて
日頃行《おこな》い　正してみるが
女の魅力に　取り憑《つ》かれたか
少咋《おくい》全く　聞く耳持たぬ

左夫流児《さぶるこ》が　居《い》着く屋敷に
駅鈴《すず》無しの
早馬来たで　騒動《そうどう》連れて

―大伴家持《おおとものやかもち》―　（巻十八・四一一〇）

・すぐに噂は　広がり行きて
はるか都《みやこ》で　夫を待つの
妻の耳にと　これ入《はい》りたか
女が居付く　夫の屋敷
突如現る　鈴なし馬に
乗って来たのは　その妻なりし

※鈴なし馬=公用でない私用の馬

さあ皆《みんな》　鍋《なべ》に湯沸《わ》かせ
櫟津《いちいつ》の　檜橋《ひばし》から来る　狐に浴《か》けよ

―長意吉麻呂《ながのおきまろ》―（巻十六・三八二四）

双六《すごろく》の　賽《さい》の目見たら
一二外《いちにほか》　五六《ごろく》もあって　三四《さんし》もあるで

―長意吉麻呂《ながのおきまろ》―（巻十六・三八二七）

・長意吉麻呂《ながのおきまろ》　言葉が巧み
宴会《うたげ》の席で　皆持て囃《はや》す
「さぁさぁ詠《うた》え　滑稽《こっけい》歌を」
言われ長意吉麻呂《おきまろ》　心得たりと
次から次と　自慢の技を

・「食器や道具　狐に川に
　橋を詠《よ》み込み　さぁさぁ歌を」
鍋・湯　津《（川）》に橋　狐を入れて
見事に詠《よ》みて　どうだとばかり
長意吉麻呂《ながのおきまろ》　にこりと笑う

・次はどうかな　賽《さい》の目を詠《よ》め

香塗《こうぬ》りの　塔《とう》近付《づ》くな
便所傍《かわやそば》
屎喰《くそく》う鮒《ふな》を　喰《く》た女奴《めやっこ》め

―長意吉麻呂《ながのおきまろ》―（巻十六・三八二八）

醤《ひしお》に酢《す》
搗《つ》き蒜《ひる》掛けた　鯛欲《ほ》しに
見とぅもないで　水葱吸《ねぎすい》物なんか

―長意吉麻呂《ながのおきまろ》―（巻十六・三八二九）

・「香《こう》・塔・便所《かわや》・糞《くそ》にと奴《やっこ》」
言われ長意吉麻呂《おきまろ》　素早く返す

・「醤《ひしお》に酢蒜《ひる》（ニンニク）　鯛それに水葱《ねぎ》
これはどうじゃ」と　問ぅたに対し
「なんのこれしき」　易々《やすやす》と詠《よ》む

坊《ぼ》んさんの
剃《そ》り損《ぞこ》ないの　鬚杭《ひげくい》に
馬繋《つな》ぎなや　引いたら泣くで

―作者不明―（巻十六・三八四六）

檀家《だんか》はん　そら言《い》い過ぎや
里長《さとおさ》の
税取《と》り立て来たら　お前が泣くで
（坊主税金免除やで）

―作者不明―（巻十六・三八四七）

・坊主身綺麗《ぼうずみぎれい》　常のこと
頭も剃《そ》るし　鬚《ひげ》も剃《そ》る
しかし坊主《ぼうず》は　忙しい
朝の読経《どきょう》に　昼掃除《そうじ》
檀家《だんか》回りに　托鉢《たくはつ》に
時に法要《ほうよう》　葬儀《そうぎ》あり
休む間なしの　毎日は
鬚剃《ひげそ》り残す　仕方《しかた》なし
――――――――
・その無精ひげ　からかわれ
坊主檀家《だんか》に　言い返す

餓鬼《がき》男《おとこ》
大神朝臣《おおみわあそみ》　寄越《よこ》せとか
寺の女餓鬼《めがき》が　子ぉ産《う》むんじゃと

—池田真枚《いけだのまひら》—（巻十六・三八四〇）

仏像を
造るに朱《しゅ》ぅが　足らんなら
池田朝臣《あそみ》の　鼻掘りなされ

—大神奥守《おおみわのおきもり》—（巻十六・三八四一）

・大神朝臣《おおみわあそみ》　痩《や》せ細《ほそ》で
見るに寂《さみ》しい　体付き
池田朝臣《いけだのあそみ》　意地悪《いじわる》ぅ
これをば笑い　歌にする

・大神朝臣《おおみわあそみ》　気色《けしき》ばみ
負けじとこれに　言い返す
池田朝臣《いけだのあそみ》　赤《あか》ら鼻《ばな》
顔《かお》の真《ま》ん中　胡座《あぐら》かく

第十二章　人生を詠《うた》った歌

粗末衣《ぼろ》着てる
麻続王《おみのおおきみ》　漁師《あま》やろか
伊良湖《いらこ》の岸で　藻《も》ぉ採《と》ってはる

——麻続王《おみのおおきみ》を見た人——（巻一・二三）

仕様《しょう》なしに
伊良湖《いらこ》の島で　波に濡れ
藻ぉ採《と》り食《く》うは　死にとないから

——麻続王《おみのおおきみ》——（巻一・二四）

・天武《てんむ》天皇　その四年ころ
麻続王《おみのおおきみ》　怒りに触れて
流罪《るざい》の罪に　これ処せられる
・流罪《るざい》の先は　諸説があって
因幡《いなば》に鹿島《かしま》　五島《ごとう》列島に伊良湖《いらこ》
・何が天皇《てんの》の　怒りの元か
はっきりせぬが　こうかも知れぬ
壬申《じんしん》乱で　葬《ほうむ》り去った
大友皇子《おおともみこ》の　その子であった
葛野王《かどののおう》を　憐れんだ故《ゆえ》
・配流《はいる》の先の　伊良湖《いらこ》の土地は
砂地で作物　一向採《と》れず
外海《そとうみ》面しで　魚も捕れず
打ち寄せる藻を　採《と》る他にない

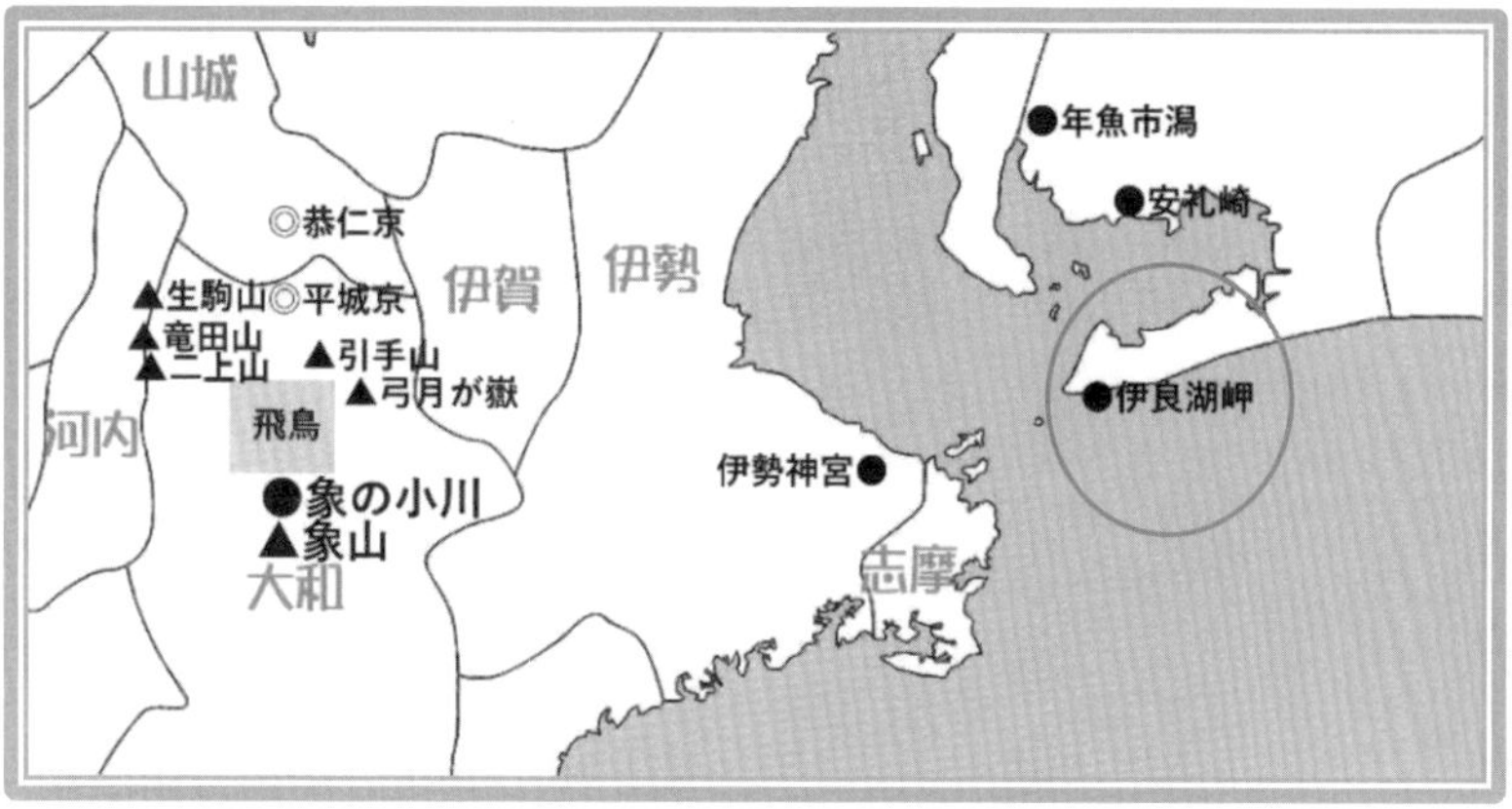

【伊良湖岬の浜辺、遠景は神島】

川の聖岩《いわ》
草も生えんと　変わりない
うちも未亡人《やもめ》で　このまま過ごす

—吹芡刀自《ふふきのとじ》—（巻一・二二）

山吹の　花咲く清水
蘇《かえ》り水
汲《く》み行きたいが　道分《わか》からへん

—高市皇子《たけちのみこ》—（巻二・一五八）

山吹《やまぶき》の
立ち儀《よそ》いたる　山清水《やましみづ》
酌《く》みに行かめど　道の知らなく

【犬養万葉記念館の中庭の歌碑】

・十市皇女《とおちのひめみこ》　悲しい運命《さだめ》
・父は大海人皇子《おおあま》　母額田王《ぬかた》にて
天智《てんち》天皇の皇子《みこ》の　大友皇子《おおとものみこ》
これの許にと　嫁ぎて妻に
・父の大海人皇子《おおあま》　夫《おっと》を攻めて
壬申《じんしん》乱で　滅ぼし死なす
・浄御原《きよみはら》にと　つれ戻された
皇女《ひめ》を憐れみ　これ支えたは
その異母弟《おとうと》の　高市皇子《たけちのみこ》ぞ
・皇女《ひめ》が伊勢への　参宮途中
苔の生《む》さない　大岩を見て
（何思うか）と　吹芡刀自《ふふきのとじ》は
皇女《ひめ》に代わりて　決心詠《うた》う
・その三年後　皇女《ひめ》襲いしは
如何にも急な　身罷《みまか》りなりし
・嫁《とつ》ぎて子まで　なしたる身にへ
処女《おとめ》であるべき　斎宮《いつきのみや》に
なってそちらへ　赴《おもむ》くべしと

・斎宮《いつきみや》にと　出立《しゅったつ》その日
なんとこの日に　皇女《ひめ》亡せたりし
親密高市《たけち》の　その後《うし》ろ盾《だて》
除く誰かの　策略なのか
夫《おっと》に義理立て　死を選びしか

【三重県津市の波瀬川の大岩】

玉藻綺麗《きれえ》な　讃岐国《さぬき》
国の品良《ひんよ》て　見飽きひん
由来貴《いわれとうと》て　良《え》ぇ国や
神さんお顔　そのままに
日毎良《ひごとよ》ぅなる　別嬪《べっぴん》や

昔《ふる》から続く　那珂《なか》港
そこの港を　出た船は
突如《きゅうに》吹き出す　風に会い
沖は大波　岸も白波《なみ》
恐ろし海を　避けようと
船の楫《かじ》引き　漕《こ》ぎ止《や》めて
多数島《ようけ》ある　その中の
狭岑《さみね》の島《しま》に　船寄せて
磯で仮小屋　作るとき

波音高い　浜陰に
磯を枕に　岩床《とこ》に
誰やら人が　伏せとぉる
家分かるなら　知らせるに
妻が知ったら　来《き》も仕様《しょう》に
道も知らんで　気ィ揉《も》んで
妻《よめ》はさぞかし　待ってるやろに

——柿本人麻呂《かきのもとのひとまろ》——（巻二・二二〇）

・石見《いわみ》に向かう　人麻呂《ひとまろ》の船
穏やか海を　進みていたが
突如吹き来た　風避けるべく
狭岑《さみね》の島に　船漕《こ》ぎとめる
・そこで人麻呂《ひとまろ》　目にしたものは
浜に臥しおる　死人《しびと》の姿
・これをば悼《いた》む　人麻呂胸に
（明日は我が身か　あぁ傷《いた》ましや）

妻居《よめお》ると
摘《つ》んで供《そな》えて　やったやろ
生《は》えてるヨメナ　薹《とう》立ってるで

—柿本人麻呂《かきのもとのひとまろ》—（巻二・二二一）

波寄せる
寂《さみ》しい磯に　横なって
死んどる人は　憐《あわ》れなこっちゃ

—柿本人麻呂《かきのもとのひとまろ》—（巻二・二二二）

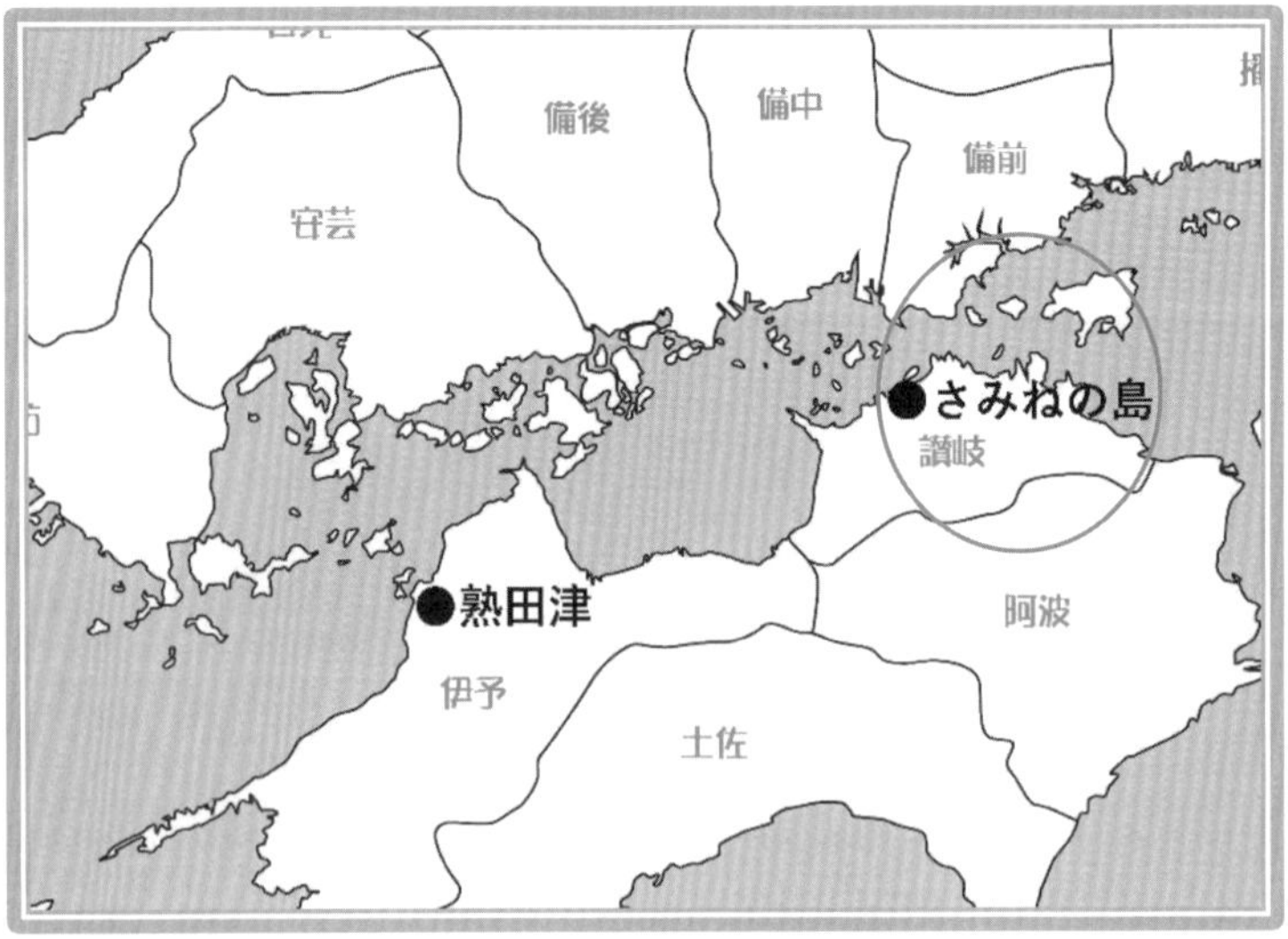

【沙弥島のナカンダの浜】

【瀬戸大橋線の車窓から見る沙弥島全景】

仕様《しよう》もない　考えせんと
一杯の　どぶろく酒を
飲む方《ほ》が良《え》ぇで

――大伴旅人《おおとものたびと》――（巻三・三三八）

酒壺に
成って仕舞《しも》ぅて　酒に染《し》も
鳴かず飛ばずの　人生よりか

――大伴旅人《おおとものたびと》――（巻三・三四三）

・酒よ酒々　酒こそ命
酒が飲めれば　その命さえ
なくて構わぬ　酒《これ》さえあれば
・酒が大好き　大伴旅人《おおともたびと》
盛んに酒を　讃《たた》えて褒める
詠《よ》まれた酒の　歌13首
・元来酒を　好みた上に
故郷《くに》の飛鳥《あすか》や　平城都《ならみやこ》をば
離れ左遷と　取れるが如き
遥かな筑紫《つくし》へ　身を飛ばされて
ますます酒量　これ増したるか

この世さえ
楽し出来《け》たら　次の世は
虫とか鳥に　成っても良《え》ぇで

―大伴旅人《おおとものたびと》―（巻三・三四八）

あぁ嫌《いや》や
酒も飲まんと　偉そうに
言《ゆ》う人の顔　猿そっくりや

―大伴旅人《おおとものたびと》―（巻三・三四四）

・酒を飲んだら　繰り言出るよ
己《おのれ》の人生　嘆きた末に
酒壺なんぞに　成りたい言ぅて
気も大きなり　また来る世では
鳥でも虫でも　構《かま》へん言うが
醒《さ》めた後では　言うたを忘れ
二日酔いにて　頭が痛《い》とて
酒など要《い》らん　言うてはみても
何時《いつ》の間にやら　また盃《さかづき》を

雨風吹いて　雪まで混《ま》じり
我慢もできん　寒さの夜は
塩をつまんで　薄酒《うす》すすり
咳《せき》し鼻たれ　無い鬚撫《ひげな》でて
ワシは偉いと　言《ゆ》うてはみても
寒いよってに　安布団《ふとん》を被《かぶ》り
有るもん全部　重ねて着ても
それでも寒《さむ》て　堪《たま》らん夜《よる》を
もっと貧乏《びんぼ》な　お前の家は
父母《おや》は飢えてて　妻や子泣いて
毎日どない　過ごしてるんや

（よくぞ尋ねて　くれたぞわしに）
世間広《せけんひろ》ても　わしには狭い
明るい日月《ひつき》　わしには照らん
皆《みんな》そやろか　ワシだけやろか
ワシも人間《ひと》やで　人並みやのに
綿の入《はい》らん　肩掛け衣《ふく》の
海の藻《も》みたい　びらびら垂れる
襤褸《ぼろ》切れだけを　肩から掛けて
傾《かたむ》く家の　土間藁《どまわら》敷いて

父母《おや》は枕に　妻子《つまこ》は足に
固まり合《お》うて　憂《うれ》いて嘆く
蒸竈《せいろ》蜘蛛《くも》の巣《す》　火のない釜戸《かまど》
飯《めし》炊《た》き忘れ　呻《うめ》いてばかり
更にその上　追い打ち掛けて
鞭《むち》持つ役人《やっ》が　手加減なしに
寝てる処《とこ》来て　がなって叫ぶ
世の中これで　良《え》ぇんか　ほんま

―山上憶良《やまのうえのおくら》―　（巻五・八九二）

・貧乏《びんぼ》な人が　より貧乏で
困りおる人　案じて詠《うた》う
・憶良《おくら》が世の中　その窮状を
訴えるため　これ詠《よ》んだのか

世の中は
辛《つろ》て疎《うと》まし　思うけど
逃げ出《だ》し出来《でけ》ん
鳥違《ちゃ》うよって

―山上憶良《やまのうえのおくら》―　（巻五・八九三）

丈夫《ますらお》と　思うわしやぞ
後《のち》の世に　名ぁ残さんと
死ねるもんかい

――山上憶良《やまのうえのおくら》――（巻六・九七八）

毎年に　梅花《うめ》咲くけども
年喰《く》うた
わしにもう青春《はる》　巡って来《こ》んで

――作者不明――（巻十・一八五七）

・老境迎えた　山上憶良《やまうえおくら》
やっと京《みやこ》に　戻りはしたが
なんの役目の　お呼びもなしぞ
・思い出すのは　あの筑紫《つくし》での
歌での宴《うたげ》　楽しくありし
あの時の友　誰とて居らぬ
それでもワシは　生きねばならぬ
思う憶良《おくら》に　死の影迫る

真珠貝
人知られんと　海底《うみそこ》ひとり
良《え》ぇやんか
自分知ってりゃ　人知らんでも

―元興寺《がんごうじ》の僧《ほうし》―（巻六・一〇一八）

・元興寺僧《がんごうじ》　プライド高《たこ》て
（拙僧《わし》は偉いぞ　誰にも負けぬ）
思うが誰も　これ認めない
・（こんなものかな　人生なんて
構《かま》うもんかい　我れさえ知れば）

あの人は
何処《どこ》も行かへん　思い込み
背《せ》ぇ向《む》け寝たん　悔やまれるがな

―作者不明―（巻七・一四一二）

・喧嘩するのは、仲良いしるし
相手が居るから　喧嘩になるが
死んでしまえば　喧嘩もできぬ
（あぁ今一度、喧嘩がしたい）

生きるとか
死ぬとか云《ゆ》んは　厭《いと》わしい
抜け出た世界　行きと思うで

―作者不明―（巻十六・三八四九）

煩《わずら》わし
この世長《なご》ぅに　住んでるが
極楽道《ごくらくみち》は　まだ見えて来《こ》ん

―作者不明―（巻十六・三八五〇）

世間《よのなか》の
繁《しげ》き仮廬《かりほ》に　住み住みて
至《いた》らん国の　手立《たづき》知らずも

【明日香村・川原寺の前の歌碑】

拘《こだわ》りの　心捨てたら
不老不死《ふろふし》の
仙人《せんにん》世界　直《す》ぐそこ違《ちゃ》うか

—作者不明—（巻十六・三八五一）

あるやろか
海死ぬ云《ゆ》うん　山死ぬ云《ゆ》うん
あぁ死ぬで
海干上《ひあ》がるし　山枯れるがな

—作者不明—（巻十六・三八五二）

・あれやこれやに　捉《とら》われ暮らし
人間《ひと》は一生　過ごすが常よ
・その最たるは　生きると死ぬと
・生きて行くには　拘《こだわ》り棄てる
これ最上の　妙手であるぞ
・不老不死とて　言うその意味は
老いず死なずの　事ではなくて
生きている今　これ謳《おう》歌《か》して
暮らすことをば　言うのであるぞ
・海や山こそ　悠久《ゆうきゅう》なると
思うがそれすら　永遠でない
まして人間　いずれは死ぬる
さぁその日まで　命の炎
燃やし続けて　生き抜けようぞ

中村博先生にささぐ

上野　誠

この人を見よ
この人を見よ
この人は　万葉を学び　古典に通じた

この人を見よ
この人を見よ
この人は　古典を今に広めた

やまと歌は人の心を種として
よろずの言の葉となった

人の心が種なのだ
中村先生の心に種をまいたのは
犬養孝先生

その種は　今　大木となって
その葉は大きく茂っている——

言葉は命
命ある人は　言葉を紡ぐ
だから　言葉は生きた証《あかし》
生きた証《あかし》の言葉は　古典となる
その古典を中村先生は
現代に蘇らせた

今
ここ
私たちの言葉に・・・

この人を見よ

（うえの・まこと／奈良大学教授）

あとがき

山のあなたの　空遠く
幸《さいわい》住むと　人の言う
あぁわれ人と　尋《と》め行きて
涙さしぐみ　帰り来ぬ
山のあなたに　なお遠く
幸《さいわい》住むと　人の言う

中学校で習ったのであろうか。
記憶は確かでない。
それでも未《いま》だに覚えている。
上田敏《うえだびん》訳の『海潮音』にある詩だ。
元は、ドイツ詩人のカールブッセの詩であるという。

しかし、ドイツ語の原文は知らない。
なのに、どうして心に残るのか。
それは優れた訳であるからであろう。

原文は知らなくても、心に残る。
これこそ名訳と言っていいだろう。

詩のこころを読み取って、これを詩で訳す。
和歌のこころを読み取って、これを和歌で訳す。

私と同じではないか。

原文なしの訳だけの万葉集。

上田敏《うえだびん》には及びもつかないが、果たして名訳になっているだろうか。

少なくとも、ただ単なる解説の訳より、五七五七七の訳は詩的であり、心に響く。

突拍子もない試みではあったが、気に入ってもらえたであろうか。

それにしても上田敏《うえだびん》の訳も、これまた七五調である。

その意味では、軌を一《いつ》にしている。

自信をもって、高らかに言おう。

『これが万葉集の訳なのだ』と。


万葉集の訳に携わって、やっとここにたどり着くことが出来た。

犬養孝先生が切り開いた、『万葉を象牙の塔から解き放ち、一般大衆のものとする』との、その思い。

恩師の思いの一滴《ひとしずく》ばかりでも、私は引き継げたのであろうか。

令和二年　晩春・清明《せいめい》のころ
窓の外に満開の桜を見ながら
中村　博

中村　博　「古典」関連略歴

昭和17年10月19日　堺市に生まれる
昭和41年 3月　　　大阪大学経済学部卒業

・高校時代　：　堺市成人学校にて犬養孝先生の講義受講
・大学時代　：　大阪大学　教養・専門課程(文学部へ出向)で受講
・夏期休暇　：　円珠庵で夏期講座受講
・大学&卒後　：　万葉旅行多数参加

・H19.07.04：ブログ「犬養万葉今昔」掲載開始至現在
　「万葉今昔」「古典オリンピック」で検索
・H19.08.25：犬養孝箸「万葉の旅」掲載故地309ヵ所完全踏破
・H19.11.03：「犬養万葉今昔写真集」犬養万葉記念館へ寄贈
・H19.11.14：踏破記事「日本経済新聞」掲載
・H20.08.08：揮毫歌碑136基全探訪(以降新規建立随時訪れ)
・H20.09.16：NHKラジオ第一「おしゃべりクイズ」出演
　《内容》「犬養万葉今昔」
・H24.05.31：「万葉歌みじかものがたり」全十巻刊行開始
・H24.07.22：「万葉歌みじかものがたり」「朝日新聞」掲載
・H25.02.01：「叙事詩的　古事記ものがたり」刊行
・H26.05.20：「万葉歌みじかものがたり」全十巻刊行完了
・H26.12.20：「七五調　源氏物語」全十五巻刊行開始
・H27.01.25：「たすきつなぎ　ものがたり百人一首」刊行
・H30.11.20：「七五調　源氏物語」全十五巻刊行完了
・H31.04.20：「編み替え　ものがたり枕草子」刊行開始
・R01.06.10：「令和天翔け万葉歌みじかものがたり」刊行
・R01.11.01：「編み替え　ものがたり枕草子」（上・中・下）刊行完了
・R02.04.25：「大阪弁こども万葉集」刊行

犬養孝先生揮毫「まほろば」歌碑（春日大社）

《国随一《ずいいち》の　大和国《やまとくに》
重なる山の　青垣が
囲む大和は　雲はるか
愛《いと》しの大和　愛《いと》しや大和》

倭《やまと》は
国のまほろば
畳《たたな》づく
青垣
山隠《やまごも》れる
倭《やまと》し愛《うるわ》し
——倭建命《やまとたけるのみこと》——
（「古事記」歌謡三十一）

驚これは　ビックリ！
大阪弁訳だけ万葉集

発行日
2020年5月25日

著者
中村　博

制作
まほろば出版部

発行者
久保岡宣子

発行所
JDC出版
〒552-0001　大阪市港区波除6-5-18
TEL.06-6581-2811(代)　FAX.06-6581-2670
E-mail : book@sekitansouko.com
郵便振替　00940-8-28280

印刷製本
前田印刷（株）